Nous remercions le Conseil des Arts du Canada,
le ministère du Patrimoine canadien et la SODEC
de l'aide accordée à notre programme de publication.

Le Conseil des Arts
du Canada
depuis 1957

The Canada Council
for the Arts
since 1957

Patrimoine
canadien

Canadian
Heritage

SODEC
Québec

Logo de la collection :
Sv Bell

Illustration de la couverture :
Jean-Pierre Normand

Édition électronique :
Infographie DN

DANGER

LE
PHOTOCOPILLAGE
TUE LE LIVRE

Dépôt légal : 3ᵉ trimestre 2000
Bibliothèque nationale du Canada
Bibliothèque nationale du Québec

123456789 AGMV 0543210

FUTURS SUR MESURE

AUTRES PUBLICATIONS DE L'AEQJ
AUX ÉDITIONS PIERRE TISSEYRE

Collection Papillon
Les contes du calendrier, collectif de contes, 1999.

Collection Conquêtes
Entre voisins…, collectif de nouvelles, 1997.
Peurs sauvages, collectif de nouvelles, 1998.

Données de catalogage avant publication (Canada)

Vedette principale au titre

    Futurs sur mesure

    (Collection Chacal)
    Pour les jeunes de 12 ans et plus.

    ISBN 2-89051-767-5

    1. Histoires pour enfants canadiennes-françaises –
    Québec (Province)   I. Collectif de l'AEQJ   II. Titre
    III. Collection

PS8329.5.Q4F87 2000   jC843'.010806   C00-940943-2
PS9329.5.Q4F87 2000
Pz21.F87 2000

FUTURS SUR MESURE

Collectif de nouvelles

**ÉDITIONS
PIERRE TISSEYRE**

5757, rue Cypihot, Saint-Laurent (Québec) H4S 1R3
Téléphone: (514) 334-2690 – Télécopieur: (514) 334-8395
Courriel: ed.tisseyre@erpi.com

Lettre à nos lecteurs

Au nom des membres de l'Association des écrivains québécois pour la jeunesse, il me fait plaisir de vous offrir ce quatrième recueil de textes. À l'aube du troisième millénaire, nous nous sommes penchés sur ce que l'avenir nous réserve. Que nous entrions d'un pied ferme dans ce nouveau siècle ou que nous l'abordions avec appréhension, aucun d'entre nous n'échappera aux progrès et aux changements.

Relevant le défi posé par ce monde en devenir, onze auteurs pour jeunes se sont amusés à imaginer un futur hors de l'ordinaire. L'amour, l'amitié, la famille et même les peurs sont au rendez-vous et vous attendent d'une page à l'autre.

La vente de ce livre sert à financer le prix Cécile Gagnon qui vise à stimuler la relève dans la littérature pour la jeunesse. Il est remis à une écrivaine ou à un écrivain pour souligner la qualité et l'originalité de son tout premier roman. Ce prix porte le nom d'une auteure qui œuvre depuis des années dans le domaine de la jeunesse, autant par ses écrits que par ses batailles constantes pour faire reconnaître les droits des écrivains pour la jeunesse.

L'Association des écrivains québécois pour la jeunesse et les Éditions Pierre Tisseyre vous souhaitent beaucoup de plaisir à la lecture de ce recueil.

Susanne Julien

Responsable de la publication de ce recueil

LES DERNIERS MURS

de Charles Montpetit

Au moment où vous lirez ces lignes, la date ci-haut sera peut-être déjà passée. Ce n'est pas bien grave : mes histoires futuristes préférées sont celles qui sont tout juste sur le point de se produire – ou même déjà en cours, sauf que personne ne s'en est encore rendu compte. De toute façon, je connais tellement de gens qui se comportent comme mes personnages que tout ceci pourrait très bientôt cesser d'être de la fiction.

PLAN SOUS-MARIN : BALEINES EN MIGRATION.

Voix de Charles Tisseyre : Toute créature communique avec ses semblables. Qu'elle se serve de chants, de signes ou de grognements, elle arrive toujours à transmettre ses désirs, ses besoins et, le cas échéant, ses émotions…

SAVANE AFRICAINE : UN LION BLESSÉ TIENT DES HYÈNES EN RESPECT.

… Mais qu'en est-il des êtres qui n'ont rien en commun ? Comment se fait-on comprendre si l'on ne dispose pas du même vocabulaire ? Des êtres tout à fait différents peuvent-ils cohabiter en dépit de la barrière des langues ?…

ASSEMBLÉE HOULEUSE À L'ONU.

… Ce soir à *Découverte* : la question du bilinguisme. Ce qui le rend possible, ses effets sur la société, et l'impact qu'il pourrait avoir sur notre avenir.

GÉNÉRIQUE ET MUSIQUE THÈME, SUIVIS D'UN VIEIL ENREGISTREMENT VIDÉO : DEUX JEUNES PARENTS JOUENT AVEC LEUR BÉBÉ.

Jeune père : Vas-y. T'es capable : pa-pa. Dis-le : pa… pa.

Bébé : A… aaa…

Jeune mère : Attagirl ! Isn't she cute ? She's just like uncle Harry.

Narrateur (par-dessus la suite) : Cette enfant s'appelle Michelle Lambert-Clemens. Elle est née le 27 juin à minuit, à mi-chemin entre la Fête nationale du Québec et l'anniversaire du Canada. Pendant les premières années de sa vie, rien ne permettait de soupçonner qu'elle serait un jour différente de ses camarades.

FONDU AU STUDIO : PÈRE ET MÈRE SONT AUJOURD'HUI À LA RETRAITE.

Réginald Lambert : Dans ce temps-là, on ne pouvait pas savoir ; Michelle avait l'air tout à fait normale ! On l'aimait, c'est tout…

Dorothy Clemens : If I had known, I wouldn't have married Reg. Isn't that awful ? We spent all these years together, but I'd give it all up if my baby… [ELLE ÉTOUFFE UN SANGLOT.] Excuse me.

Réginald Lambert : Le pire, c'est que le problème était déjà connu, à l'époque. Mais personne n'avait de preuve, alors personne n'en parlait. Regardez l'état de Michelle, aujourd'hui ; est-ce que ça l'a aidée, qu'on attende les *** d'preuves ?

Narrateur : « L'état de Michelle » se nomme dysfonction aphasique multilexicale, ou syndrome de Babel. Cette condition affecte aujourd'hui de plus en plus de gens à travers le monde. Michelle Lambert-Clemens nous explique son propre cas.

Lambert-Clemens : C'est tellement frustrating ! C'est comme si my brain bypassed une étape quand je parle, so I can't even stop pour sélectionner one of the tongues que j'ai apprises when I grew up. J'y peux rien, it's totally random !

Reporter (hors champ) : Vous en rendez-vous compte, quand ça se produit ?

Lambert-Clemens : Hey, as far as ce qui me concerne, I don't even realize que j'ai un problem. I know exactly ce que je veux dire all the time, mais on dirait que la switch controlling mon choix de mots is constantly flipped du français à l'anglais. It *feels* as if I spoke avec des phrases unilingues, but if I pay attention au visage de mes partenaires, I can almost see à quel point they start having difficulties à me comprendre. Euh… vous me suivez ?

PHOTOS D'ARCHIVES, *TANZSPRACHE UND ORIEN-TIERUNG DER BIENEN.*

Narrateur: Les abeilles s'expriment au moyen de danses aériennes complexes, qui varient considérablement d'une espèce à l'autre. D'ordinaire, ces espèces ne se mélangent pas, ce qui évite toute confusion.

Or, en 1965, le lauréat du prix Nobel Karl von Frisch est parvenu à effectuer un croisement entre des abeilles autrichiennes et des abeilles italiennes. À sa grande surprise, les hybrides ainsi créés avaient l'apparence des abeilles italiennes, mais «parlaient autrichien» – ce qui gênait considérablement leurs échanges avec leurs semblables.

LABORATOIRE DE L'ANTHROPOLOGUE CAMILLE SOMERS.

Somers: Noam Chomsky l'a affirmé bien avant moi, les aspects les plus fondamentaux du langage reposent sur des bases biologiques, et non sur un processus d'apprentissage. La plupart des animaux découvrent leur capacité de communiquer au fil de leur développement physique, un peu comme ils le font pour la respiration.

Reporter (hors champ): Avez-vous pu observer ce phénomène en laboratoire?

Somers: D'une certaine façon. Je ne vous apprendrai rien si je vous dis qu'on peut communiquer avec les singes en remplaçant nos mots par différents objets : une balle représente un repas, un cube symbolise l'action de donner, et ainsi de suite. Il ne leur faut pas grand temps pour former une phrase du genre « Vous nourrir moi ».

Reporter : Oui mais, jusque-là, c'est purement un langage appris.

Somers (extrayant un bloc d'un sac) : C'est juste. Les problèmes ont commencé lorsque nous avons appris plus d'un « langage » à certains spécimens, en utilisant d'abord des blocs jaunes comme celui-ci, puis des blocs bleus qui avaient la même forme, mais qui signifiaient autre chose.

Reporter : Que s'est-il passé ?

Somers : Oh, la plupart des singes ont admirablement su se débrouiller… Mais quelques-uns des sujets n'ont jamais pu s'adapter à cette nouvelle situation. Ils avaient beau distinguer les couleurs et maîtriser un premier jeu de symboles à la perfection, ils cessaient d'être cohérents dès qu'on leur enseignait une seconde série de mots.

UNE GUENON VIENT QUÉMANDER L'ATTENTION DE SOMERS.

Reporter : Et nous avons ici un de ces animaux…

Somers : En effet. Soyez indulgente, c'est son premier passage à la télé. Anika, dis quelque chose à la dame !

APRÈS UN BREF COUP D'ŒIL EN DIRECTION DE LA CAMÉRA, LA GUENON EXTRAIT PLUSIEURS PIÈCES DU SAC.

Reporter : Cube bleu… boulon bleu… étoile jaune. Et qu'est-ce que ça signifie ?

Somers : Ah, c'est là que les difficultés commencent. Comme vous pouvez le voir, Anika mélange allègrement les deux systèmes. Le cube, par exemple, est le symbole du soi ; le boulon reflète le contentement, et si l'étoile était bleue, elle représenterait l'endroit où nous sommes. Autrement dit : « Moi contente labo », ou…

Reporter : « Je suis heureuse d'être ici ce soir ! »

Somers : Exactement. Par contre, si les trois pièces étaient jaunes, elles voudraient dire « vous, visage et concombre ». J'avoue que je ne comprends pas très bien…

Reporter (rapidement) : La démonstration reste très claire. Dr Somers, merci.

SCÈNE EXTÉRIEURE : UNE RUE PASSANTE À L'HEURE DE POINTE.

Narrateur : Chez les êtres humains, près d'un individu sur vingt est affecté, d'une façon plus ou moins prononcée, par le syndrome de

Babel – et ce, surtout dans les pays qui ont plus d'une langue officielle. Dans bien des cas, les symptômes sont bénins, mais pour plusieurs personnes, se faire comprendre est une épreuve majeure.

Victime franco-polonaise : Toute cette affaire est absurde. Oh, comme bien des gens, il m'arrive parfois de commettre quelques impairs, mais je ne crois pas qu'il y ait là de quoi denerwowac sie.

SOUS-TITRE : s'énerver.

Victime franco-hispanique : Pour moi, c'est definitivamente una desventaja. Si les gens à qui je m'adresse conozcan el Español, on peut arriver à conversar, pero si hablo à une personne unilingue, eso no será de la tarte pour comprenderse.

SOUS-TITRES : un handicap certain / connaissent l'espagnol / converser, mais si je parle / ça ne sera pas / se comprendre.

Victime anglo-germano-italienne : Forget it. Ich habe ganz fallen lassen l'idea di comunicare ; most people gehen mit mir um als wäre ich del pianeta Marte, und ich muss von nun an schreiben tutte le cose that I have to say damit Sie es begreifen.

SOUS-TITRES POUR L'ANGLAIS : Laissez faire / les gens / que j'ai à dire

: J'ai complète-
ment abandonné / me traitent comme si je
venais / et je dois écrire / pour que le message
passe

SOUS-TITRES POUR L'ITALIEN : l'idée de communiquer / de la planète Mars / toutes les choses.

VUE EN COUPE D'UN CERVEAU SUR ÉCRAN D'ORDI-
NATEUR.

Dʳᵉ Joan Langstrom, Université McGill :
Le syndrome de Babel – ou SyBa, comme on
dit dans le métier – c'est tout d'abord un
problème neurologique. Voici le portrait de
l'activité cérébrale d'un volontaire, présentement au repos. Regardez cette tache sombre,
juste à côté de la zone de Wernicke. C'est cette
région qui nous permet de distinguer une
langue d'une autre. (ELLE DÉCROCHE UN INTER-
PHONE ; AU-DELÀ D'UNE BAIE VITRÉE, ON VOIT UN
HOMME SUBIR UN ENCÉPHALOGRAMME.) Andrew ?
Comptez jusqu'à huit, et changez de langue
après «quatre».

Andrew (via haut-parleur) : Un... deux...
trois... quatre... (À L'ÉCRAN, UN ÉCLAIR JAUNE TRA-
VERSE LA ZONE SOMBRE) five... six... seven...
eight.

**Dʳᵉ Langstrom (enclenchant un autre
appareil) :** L'éclair que vous venez de voir,
c'est l'activité cérébrale du patient lorsqu'il

change de langue. Comparons maintenant avec une victime du syndrome, qui tentait de se limiter à une seule langue.

Nouvelle voix sur haut-parleur : Pazekw deux trois kaié :ri five nguedôz tôbawôz eight tióhton oié :ri' onze twelve nsônkaw iawôn-kaw…

À L'ÉCRAN, LES ÉCLAIRS JAUNES SE SUCCÈDENT SANS ARRÊT.

D^re Langstrom : Vous voyez ? C'est comme s'il s'agissait d'un faux contact : les décharges ne s'arrêtent pas, même quand notre sujet se tait. Ce pauvre homme voulait être interprète pour deux de nos Premières Nations, mais puisque personne ne sait ce qui lui arrive au juste, les autochtones le fuient plutôt comme la peste.

CRAQUEMENT DE TONNERRE, SUIVI D'UNE PLUIE TORRENTIELLE.

Reporter (marchant sous un parapluie) : Au niveau cellulaire, les êtres humains subissent chaque jour autant de mutations qu'il y a de gouttes dans un orage. Rien de bien grave en temps normal : les erreurs sont aussitôt éliminées par l'organisme. Mais dans le cas du syndrome de Babel, il semblerait que ce ne soit pas le cas. Les changements sont durables, et surtout, ils ont tendance à être transmis de génération en génération. Si le phénomène prend de l'ampleur, devra-t-on y voir un argument pour l'abattement des barrières dues aux langues, ou allons-nous au contraire devoir mettre fin aux communications internationales? Sur ce point, les opinions sont partagées.

CONFÉRENCE NATIONALE SUR L'AVENIR LINGUISTIQUE.

Réjeanne Laffont, déléguée ministérielle: Je ne l'apprendrai à personne – notre plus grande richesse, la base même de notre identité, c'est la langue française. C'est simple, c'est LE point qui n'est pas négociable, c'est LA chose qu'on ne peut pas nous enlever. Les gens qui trouvent futile qu'on tienne à cela n'ont pas compris jusqu'où ça va dans nos tripes, à quel degré ça peut être important pour un peuple…

ASSOCIATION POUR LA PROMOTION DE L'ESPÉRANTO.

Elena Limon, directrice: Rien ne serait arrivé si la planète avait déjà adopté un langage universel. Mais maintenant, l'espéranto va disparaître au même titre que les autres langues du monde. C'est peut-être un pas dans la bonne direction, mais c'est loin d'être élégant comme résultat.

ENTREVUES SUR LE VIF AU COIN D'UNE RUE.

Jeune 1 : Le Babel ? C'est cool. On me calle pu des noms si je parle pas straight.

Jeune 2 : La langue, la langue, la langue ! Lâchez-moi avec ça, on dirait que le monde a rien d'autre à la bouche !

Jeune 3 : No problem. You mix anything with English, it still comes out English.

SANTIAGO : AFFRONTEMENT ENTRE LES MILITAIRES ET LA POPULATION.

Alejandra Muriel, *La Prensa* : Le gouvernement chilien a déjà commencé à regrouper les personnes atteintes dans des centres spéciaux, et leurs contacts avec le reste de la communauté sont réduits au minimum. Les autorités prétendent que les victimes suivent des cours de rééducation visant à renverser les effets de la mutation ; mais les échos qui nous parviennent des salles de « traitement » évoquent beaucoup plus des camps de concentration que des hôpitaux chargés d'appliquer une thérapie.

TOKYO : COMITÉ BABEL-SECOURS.

Rei Nakamura, porte-parole : Dans bien des pays, la situation a déjà dépassé le point critique. Les couples bilingues sont séparés de force sur la foi de dénonciations anonymes.

On arrête leurs enfants au beau milieu de la cour d'école si leurs examens révèlent une mauvaise maîtrise de la langue officielle. Les interprètes et le personnel des ambassades subissent un harcèlement constant. Il va sans dire que les relations diplomatiques s'en ressentent énormément.

RETOUR À L'ENTREVUE AVEC MICHELLE LAMBERT-CLEMENS.

Lambert-Clemens : J'ose pas complain, je sais qu'I'm luckier than most. J'ai toujours my job et mes amis understand me, mais falling in love is an autre paire de manches. Le risk d'avoir un Babel baby fait reculer a lot of people. Je doute that I'll find quelqu'un who's willing de m'aimer for myself, pas pour the way que je speak.

RETOUR EN STUDIO.

Charles Tisseyre : Que pouvez-vous faire pour garder le contrôle de la situation ? Eh bien, tout d'abord, s'il vous arrive de fréquenter des gens qui parlent une autre langue, restez calmes…

TEXTE À L'ÉCRAN : Restez calmes.

… Souvenez-vous que le syndrome ne se transmet pas par simple contact, ni même lorsqu'on consomme des aliments ethniques. Seuls les accouchements et les expériences génétiques avec une personne de langue opposée comportent un risque.

Deuxièmement, s'il vous arrive de passer d'une langue à l'autre sans vous en rendre compte, ne vous affolez pas. Un certain taux de bilinguisme est parfaitement acceptable dans toute société qui dispose de plus d'une langue officielle. Vous n'avez qu'à surveiller votre langage…

TEXTE À L'ÉCRAN : Surveillez votre langage.

… Essayez de compter les occasions où vous changez de langue. On a remarqué qu'une prise de conscience permet généralement de faire régresser le problème. Si les symptômes persistent, ou si vous avez du mal à vous faire comprendre de votre entourage, consultez votre linguiste…

TEXTE À L'ÉCRAN : Consultez votre linguiste.

… Ces spécialistes ont reçu une formation qui leur permet d'affronter la plupart des manifestations multiculturelles. Parlez-leur en toute confiance. Les renseignements que vous leur fournirez seront traités dans la plus grande confidentialité.

Si vous suivez ces trois règles, ni vous ni les vôtres n'aurez la moindre raison de vous inquiéter. Rappelez-vous : le syndrome de Babel n'est pas une maladie, mais un phénomène lié à l'évolution de la vie sur Terre. Vous pouvez choisir ou non d'en faire partie, mais personne ne peut encore porter de jugement de valeur sur la question.

RETOUR À L'ENTREVUE AVEC LE PÈRE ET LA MÈRE DE MICHELLE.

Reporter : Avez-vous encore de l'espoir pour votre fille ?

Dorothy Clemens : Of course. She's been in therapy for two months, now, and I'm told she'll make real progress if we stick to sign language for a while…

Réginald Lambert : De mon côté, je vais essayer un truc dont je viens d'entendre parler, avec des cubes de couleur. Paraît que ça sert beaucoup avec les SyBatiques.

SOUS-TITRES : And I'll try these colored cubes that just came out. I'm told they're all the rage with BaSy patients.

Charles Tisseyre : Words to live by. Au nom de toute l'équipe, good night.

CREDITS AND FADE OUT.

LES DERNIERS ÉRABLES

de Daniel Sernine

La science-fiction ne prétend pas toujours formuler des prophéties. Lorsqu'elle s'y risque, le futur se charge parfois de lui donner tort. Quand j'ai écrit « Les derniers érables » voilà treize ans, les pluies acides semblaient mettre en danger nos érablières. Aujourd'hui, d'autres périls écologiques menacent le climat entier de notre Terre : le réchauffement planétaire, l'amincissement de la couche d'ozone, la disparition des forêts équatoriales et boréales… À côté de cela, le dépérissement de nos érables semble un bien modeste enjeu ; voyons-le donc plutôt comme un symbole, le symbole d'un futur à notre mesure… hélas !

De part et d'autre du vélix, le paysage défile. Ici, hors de la ville, le ciel de juin est bleu et lumineux. Les monts arrondis des Appalaches montrent leurs couleurs estivales, le gris des troncs et des branchages, le brun roux des conifères, le vert terne des broussailles et des herbes.

Bien qu'on soit en fin de semaine, l'autoroute est peu achalandée. Madame Devost pilote à bonne vitesse, tandis que son mari somnole à sa droite. Sur la banquette arrière, Bruno, treize ans, ne manque rien du trajet. C'est si rarement qu'on sort de la ville pour aller chez grand-maman Devost.

Bruno ne s'entend pas très bien avec ses parents et, généralement, il ne partage pas leurs loisirs. Il aime mieux fréquenter son cousin Claudien, qui a maintenant quinze ans et qui semble toujours avoir quelque chose d'inattendu à montrer ou à dire. Mais la campagne, c'est différent ! Et grand-maman Nicole aussi est différente. Elle approche la soixantaine mais, sous certains rapports, elle paraît plus jeune que monsieur Devost. Plus ouverte d'esprit, par exemple.

Le vélix ralentit et quitte l'autoroute. La sortie le mène à une route secondaire, qu'il suit à vitesse réduite. À cette allure, le paysage défile lentement. Quelques maisons et quelques fermes, repeintes ce printemps, tranchent par leur couleur sur les teintes uniformes du paysage : ici un bleu turquoise, là un jaune safran. Mais la plupart sont sans éclat.

— Pourquoi c'est si pauvre, ici ? demande Bruno en remarquant que beaucoup de maisons sont délabrées.

— Ces gens vivaient de sylviculture ou de tourisme, répond sa mère. Les deux secteurs ont beaucoup décliné, ces dernières années.

À cause des pluies et des neiges, comprend Bruno même si sa mère ne le précise pas.

Ici, la forêt se trouve à une certaine distance de la route. Les champs et les prés sont verts, grâce aux fertilisants et aux alcalis que les cultivateurs répandent sur leurs terres. Dans les pâturages, se dressent çà et là des abris à bétail, où les éleveurs mènent leurs vaches ou leurs moutons les jours de pluie. Ce sont de simples toits inclinés, avec des barrières à la place des murs.

Un kilomètre avant le village, le vélix tourne sur un chemin de gravier. Ce chemin franchit l'épaulement d'un mont et mène à un nouveau vallon, plus étroit que celui du village. Il y a là un lac, et le chemin passe tout près, surplombant la surface du haut d'un talus de quelques mètres. Le lac est calme, d'une transparence parfaite. Au passage, Bruno peut plonger son regard aussi loin que porte la lumière du jour. Les roches du bord sont visibles jusqu'à une grande profondeur, elles forment un éboulis abrupt sous la surface. Leur image est si claire que c'en est féerique. Aucun mouvement ne vient troubler la surface, aucune algue ne brouille le fond.

Le lac est déjà passé. Après un moment, le vélix arrive enfin à une belle maison et se pose à côté d'autres véhicules déjà stationnés. C'est qu'aujourd'hui est aussi l'anniversaire d'une tante de Bruno, et l'on se réunit pour la fêter. Le garçon se réjouit de retrouver sa cousine Andrée, qui est une amie bien qu'elle ait un an de moins que lui.

Tout le monde se trouve sur la galerie. La grand-mère ne paraît pas son âge malgré le gris dans ses cheveux châtains ; elle a des yeux vifs et clairs dans un visage agréable. Elle est vigoureuse et même un peu grande pour une femme. Elle sait tout de suite vous mettre à l'aise, mais sans recourir à cette jovialité envahissante qu'affichent certaines personnes. Veuve depuis longtemps, Nicole vit maintenant avec Josée, qui enseigne dans une ville proche.

Midi a sonné et le repas est prêt. Ce sont les parents d'Andrée qui ont tout préparé, pour ne pas imposer d'ouvrage supplémentaire à grand-mère ou à Josée. La doyenne se laisse volontiers servir, aujourd'hui.

Ils sont bientôt une dizaine autour de la grande table de bois, sur le parterre devant la maison. Nicole sourit d'aise, entourée qu'elle est de presque tous ses enfants et de ses deux petits-enfants.

Il y a autant de bruit que dans une cour de récréation, songe Bruno, mais c'est moins distrayant. Aussi lui et Andrée décident-ils de quitter la table lorsqu'ils ont fini, même si les adultes n'ont pas encore vidé leurs assiettes. C'est un repas de riches : il en est resté de chaque plat, et il y a même un dessert.

— Je vous emmènerai tout à l'heure prendre un autre dessert, dit l'aïeule à Bruno et à Andrée en les regardant s'éloigner.

En attendant, les deux jeunes se poursuivent parmi les arbres des alentours. Sur la pelouse, d'un beau vert comme on en voit rarement en ville, ils se rattrapent, se jettent au sol et roulent ensemble. Il leur semble qu'une heure ne s'est pas écoulée quand Nicole quitte ses invités en lançant :

— Je vous laisse entre adultes, je vais faire une promenade avec mes deux camarades.

Une balade en forêt. Ce serait intéressant si ce n'était de la présence d'un chaperon. Andrée et Bruno font contre mauvaise fortune bon cœur et se placent de part et d'autre de leur grand-mère, à l'orée d'un sentier assez large pour qu'ils marchent tous trois côte à côte.

— Où on va ? demande Andrée.

— Chez le vieux Philibert, prendre un dessert.

— Qui est-ce ?

— Un ami d'enfance. Il est dans la soixantaine, maintenant, mais il me semble que je le connais depuis le berceau.

— Il vit dans la forêt ?

— Oui, il vit seul. Il est en bonne santé et n'a peur de rien. Il a un chien et deux ratons laveurs apprivoisés.

— Super !

Bruno n'est pas mécontent, somme toute.
L'air est pur et la chaleur de juin est modérée,
le soleil étant filtré par les branchages gris de
la forêt. Ici et là, des touches de vert se remarquent sur les arbres.

— Ce sont des feuilles, explique Nicole.
Jadis il y en avait sur tous les arbres.

— Nous savons ce que sont les feuilles,
réplique Bruno.

— Bien sûr, suis-je bête ! répond la dame
avec un sourire grave. J'oublie votre âge. Vous
aussi vous avez connu ça, les arbres vivants.
Josée enseigne à Sherbrooke, et il y a dans sa
classe des bambins qui n'en ont jamais vu,
sauf dans les serres.

Bruno ne trouve rien à ajouter. Il perçoit
bien la nostalgie dans les propos de sa grand-
mère. Ce doit être ça, « être d'une autre époque ».
Elle est née au début de l'ère nucléaire.

— Il y a longtemps que tu habites ici ?
demande Andrée.

— Un quart de siècle, au moins ! dit
Nicole en riant.

— Papa dit qu'il venait pêcher au lac, au
début.

— C'est vrai, il y restait du poisson. Maintenant, avec la neige qui fond au printemps et

la pluie qui tombe l'été, le lac est aussi acide que du vinaigre. C'est pour ça qu'il est si transparent.

— On ne voyait pas le fond, avant? s'étonne Bruno.

— Eh non. Près du bord, il y avait des joncs, des nénuphars, de grandes herbes aquatiques, et tu n'avais qu'à te pencher pour trouver une grenouille! Il y avait aussi des canards qui nichaient près des berges.

Nicole semble avoir retrouvé un peu de sa bonne humeur. Elle marche d'un pas alerte, les mains dans les poches et le nez en l'air, enjambant les branches mortes aussi agile-ment que les jeunes.

— Regardez, là-bas, un pin, leur signale-t-elle un moment plus tard.

Les trois s'approchent, en faisant attention de ne pas piétiner la végétation clairsemée du sous-bois.

— Quel drôle d'air il a! s'étonne Andrée. Il est malade?

— Eh que tu es idiote! riposte Bruno. C'est sa couleur naturelle! C'est quand ils sont roux qu'ils sont malades. Comme les sapins.

Grand-maman approuve en hochant la tête.

— Je sais aussi où il y a deux épinettes vivantes, dit-elle, mais nous n'allons pas dans cette direction. Venez, Philibert nous attend.

— Il est prévenu?

— Bien sûr. Je lui ai demandé de sortir un petit pot de son trésor.

— Son trésor?

— C'est doré et c'est précieux, voilà tout ce que je peux vous dire.

Elle se tait, un léger sourire aux lèvres. Pendant un moment, on n'entend plus d'autre bruit que leurs pas sur la terre et le craquement de brindilles sous leurs semelles. Soudain un son se fait entendre à quelque distance. Un son ténu, aérien, presque musical.

— C'est un chant d'oiseau, murmure Nicole en s'immobilisant. Écoutez.

Ils se taisent et prêtent l'oreille.

— Cherchez bien, souffle la grand-mère. Cherchez dans les branches.

Ils ont beau écarquiller les yeux, fouiller du regard l'immense réseau gris des branchages, ils ne peuvent repérer l'oiseau. Ils l'entendent une dernière fois, cependant. Puis le silence se refait, entier.

— Philibert aurait su quel genre d'oiseau c'était, assure Nicole en reprenant sa marche.

Il peut en identifier plusieurs, juste à entendre leur chant.

Bruno surprend un regard sceptique de sa cousine : elle ne croit pas sa grand-mère, mais elle est trop polie pour le dire tout haut.

Depuis quelque temps le terrain est plat, et on voit dans la forêt des arbres d'une autre essence. C'est très subtil, mais cela se devine à la texture et à la teinte des troncs, et peut-être aussi à la disposition des branches. Mais pas un n'est vivant, contrairement au reste de la forêt où on aperçoit toujours, ici et là, un peu de feuillage vert.

Cependant ils finissent par en apercevoir quelques-uns pas tout à fait morts, groupés sous la forme d'un bosquet. Et en leur centre, un arbre bien vivant, avec beaucoup de feuilles.

— Approchons-nous, ça vaut la peine, dit Nicole.

Mais presque aussitôt on voit accourir un énorme chien qui aboie férocement. Bruno et Andrée se figent, alarmés.

— Paix, Garde, paix !

Le chien approche toujours en courant.

— C'est moi, Garde, c'est Nicole.

La bête semble enfin reconnaître Nicole. Elle vient flairer les deux jeunes, qui sont blêmes et craintifs.

34

— Pas de danger, tant que vous êtes avec moi, les rassure leur grand-mère. Garde est féroce, mais seulement avec les étrangers. Il faut bien que Philibert protège ses érables.

Elle pose une main sur l'épaule de chacun et mène ses petits-enfants vers le bosquet qui tranche par sa couleur verte, presque vive dans la clarté du soleil. Mais Garde les suit et, après quelques pas, il commence à gronder. La femme se résigne :

— On n'ira pas plus près, ça énerve Garde. Mais d'ici vous pouvez voir la forme des feuilles. C'est à ça qu'on reconnaît les érables.

Bruno observe, silencieux. Tout cela est très instructif, mais il préférerait qu'on n'éprouve pas trop longtemps la patience du chien policier.

— Nicole ? appelle une voix d'homme à quelque distance. C'est toi, Nicole ?

— Oui, c'est moi. J'amène de la visite.

Ils regagnent le sentier, au grand soulagement de Bruno et d'Andrée. Ils poursuivent leur route vers une maisonnette, qu'on distingue maintenant parmi la grisaille des troncs.

Là où le sentier s'élargit en une petite clairière, Philibert attend ses visiteurs. Nicole fait les présentations. Son ami est un homme grisonnant, aux yeux très bleus. Son visage moustachu porte les rides profondes de quelqu'un qui a beaucoup ri durant sa vie. Mais aujourd'hui il est d'humeur sombre. Bruno le trouve sympathique ; il trouve agréable sa poignée de main chaude et ferme.

Grattant la tête de Garde tout en marchant, Philibert accompagne ses visiteurs vers la maisonnette, qui est du même gris-brun que la forêt. Il trouve sans doute inutile de la repeindre tous les deux ou trois ans et de voir la couleur ternir après chaque période de pluie. Il ignore peut-être qu'il existe maintenant des enduits spéciaux pour contrer l'acidité des précipitations. Bruno le sait, lui, parce que son père est chimiste.

Comme il fait toujours autant soleil, le vieil homme reçoit ses visiteurs à l'extérieur. Son parterre n'est pas très gazonné ; sans doute Philibert n'est-il pas riche, et il garde les alcalis pour son potager. Les deux ratons laveurs dont avait parlé Nicole sont là, bien gras, avec leur petit masque de poil. Pas du tout intimidés par Garde, ils viennent fureter aux pieds des visiteurs. Ils marchent en se dandinant et déclenchent le rire des jeunes.

— On peut les flatter ? On peut les prendre ?

— Les flatter, oui. Les prendre, je ne pense pas que vous pourrez les garder long-temps. Je parie que vous n'en aviez jamais vu.

Philibert est bavard, bien davantage que Nicole. Il parle de ses érables, dont il est si fier, mais qui étaient plus nombreux autrefois.

— Quand j'ai acheté ce lot, dit-il, un érable sur deux était vivant. Toutes mes épar-gnes y sont passées.

Et il parle, et il parle.

— Les érables ont été les premiers à partir, dit-il, mélancolique. Même quand tu es né, jeune homme, beaucoup étaient déjà malades. Mais personne ne bougeait. Quand on ne voulait rien faire, on commandait des études.

Son ton amer intimide Andrée et Bruno. Il s'en rend compte et change de sujet, il parle des bêtes qui vivent dans la nature. Comme Nicole le prévoyait, il connaît le nom de l'oiseau qui niche dans cette partie de la forêt, et il en fait une description fort colorée.

— Vous aurez peut-être la chance de l'entendre à nouveau sur le chemin du retour.

La tristesse, un moment écartée, lui est revenue en parlant de l'oiseau. Il en évoque d'autres, des oiseaux de tous les plumages et de toutes les couleurs. À le croire, lorsqu'on se promenait en forêt, jadis, on entendait presque constamment des chants d'oiseaux.

— Il y avait du feuillage aux arbres, à cette époque. Vous auriez vu le printemps... Du vert partout, un vert tendre, frais, tout neuf chaque année ! Et l'été, le vent qui bruissait dans les feuillages, et le soleil qu'on ne voyait pas, même à midi, même en levant la tête, sauf de petits éclats ici et là parmi les feuilles, tant les branches étaient garnies.

Un des ratons laveurs, lassé des caresses de Bruno, retourne vers la maison en se dandinant.

— Et l'automne, poursuit Philibert. Hein, Nicole ? L'automne, mes amis, quelle fête c'était pour les yeux ! C'était bref, mais quel éclat... Comme une flambée ! Des feuilles d'or, écarlates, orangées, cramoisies, vermillon. Les feuilles d'érable surtout étaient splendides.

Les yeux du vieil homme brillent un moment de la beauté du souvenir, puis ils se voilent à nouveau.

— Mais vous devez avoir soif, dit-il, et il se lève pour aller chercher un pichet dans sa cuisine.

— Quand est-ce qu'il va nous montrer son trésor ? demande Andrée à voix basse.

— Patience, répond la grand-mère qui semble elle aussi devenue grave.

Philibert sert l'eau dans de petits verres, expliquant qu'elle n'est pas très bonne mais qu'il n'en a pas d'autre.

On ne peut plus boire l'eau des puits telle quelle. À son tour elle est devenue acide et il faut l'équilibrer avec des poudres alcalines. Cela laisse toujours un arrière-goût.

Tranquille, le chien Garde se laisse caresser la tête par Nicole. Le silence est complet, le silence des montagnes, le silence des forêts.

— Je vais vous faire goûter quelque chose, les jeunes, annonce soudain Philibert à mi-voix.

Il rentre de nouveau chez lui. Bruno regarde sa grand-mère et elle lui adresse un triste sourire. Elle hoche la tête, faisant signe que, oui, c'est probablement le trésor qui va leur être montré.

Lorsque Philibert revient, il porte sur un plateau quatre bols minuscules et un petit pot de verre. Il se penche et les pose sur la souche autour de laquelle ils sont assis, comme autour d'une petite table ronde. Lentement, parce qu'il n'est plus jeune, il s'agenouille pour travailler plus à son aise.

Le petit pot contient un liquide doré, assez foncé, plutôt comme du bronze. Le couvercle est scellé, et Philibert doit retirer une bande adhésive avant de l'ouvrir. Il dispose les quatre bols minuscules, un devant Nicole, un pour chaque enfant, un pour lui-même. Puis il verse une petite quantité du liquide dans chaque bol, et Bruno voit que sa main tremble un peu. Le liquide semble moins fluide que de l'eau.

— Goûtez-moi ça, les jeunes, dit le vieil homme à mi-voix. Juste un peu à la fois, c'est très rare.

Bruno et Andrée prennent leur bol avec précaution entre leurs deux mains, intrigués. Ils y portent les lèvres en l'inclinant un peu.

— Vous n'aurez peut-être jamais la chance d'en goûter d'autre, ajoute Philibert.

Ils goûtent. C'est tiède, sucré, et… Le goût s'éveille soudain dans leur bouche, il l'emplit, caressant leur palais, leur langue, leur gorge. Bruno n'a jamais rien goûté d'aussi bon. Il se retient de prendre tout de suite la deuxième gorgée, voulant savourer la première jusqu'à la fin.

— On dirait…, commence Andrée.

Du regard, grand-maman l'encourage à poursuivre.

— On dirait que je goûte aux couleurs de l'automne, dit-elle d'une voix émue. Ce que vous racontiez tout à l'heure, le rouge et l'or et l'orangé, et toutes ces feuilles pleines de lumière.

— Et la fumée d'un bon feu de cheminée montant dans le ciel bleu, complète Nicole.

Bruno voit les yeux de l'homme se mouiller, il voit des larmes couler jusqu'à sa grosse moustache où pourtant ses lèvres sourient.

— Oui, ma belle, souffle-t-il, tu as raison. Ce sirop vient des arbres.

Les deux jeunes le dévisagent, incrédules.

— Il n'y a pas si longtemps, il y en avait des forêts entières, et au printemps leur sève montait, on la recueillait dans des tubes et par chaudières entières, par tonneaux entiers.

Nicole a aussi deux larmes au coin des yeux, maintenant.

— Goûtez encore, dit-elle. C'est aussi le goût du printemps, des premières pousses vertes au soleil quand il reste encore de la neige à l'ombre, et quand les pins et les sapins sont d'un beau vert foncé

— Mais d'où ça vient ? demande Andrée.

Les yeux bleus du vieil homme brillent malgré les larmes :

— Ce sirop vient des érables, ma belle enfant, il vient de mes derniers érables.

La nouvelle «Les derniers érables» a paru en 1997 dans le recueil **Petites fugues en lettres mineures,** aux éditions Dominique et compagnie, qui en ont gracieusement autorisé la reproduction.

LE COURANT
ÉLECTRONIQUE

de Diane Groulx

Anaïs et Sandy sont deux adolescents qui, malgré la distance qui les sépare, gardent contact. Le futur les unit, ce futur qui habituellement fait peur et sépare les êtres chers. Lorsqu'ils se quittent, ceux qui s'aiment se promettent souvent l'impossible… s'écrire tous les jours. Malgré leur bonne volonté, l'adage « loin des yeux, loin du cœur » se concrétise… Grâce à la technologie futuriste, ils n'ont plus ce problème. Ils peuvent communiquer quotidiennement, presque sans effort, et même se voir !

Le cap de l'an 2000 que l'on attendait et que l'on appréhendait fut enfin franchi sans heurts. Un nouveau millénaire se poursuivait. Pour fêter les dix ans de cet événement historique, le gouvernement offrit un système informatique complet et sophistiqué à chaque foyer. Un beau cadeau empoisonné, une façon détournée de contrôler les citoyens…

Les Amérindiens se révoltèrent, eux qui souhaitaient plutôt un retour aux sources. Leurs protestations restèrent sans écho. Certains allèrent même jusqu'à se moquer de leurs revendications.

En ces temps modernes, le micro-ordinateur devint le cerveau des maisons. Grâce à lui, on pouvait allumer les lumières, mettre de la musique, se faire un café, faire ses emplettes, etc. Les activités quotidiennes les plus banales étaient simplifiées. On n'avait plus à sortir de sa maison pour aller à la banque ou au supermarché. Les amateurs de plein-air n'avaient qu'à consulter leur ordinateur pour savoir où se cachait le gibier. Différents appâts sonores, intégrés à même l'ordinateur, attiraient les animaux sauvages à proximité des villes. Les plus paresseux pratiquaient la chasse fictive : on leur livrait l'animal tué virtuellement, dépecé, refroidi, apprêté, prêt à manger.

Ce que les utilisateurs ignoraient ou feignaient d'ignorer, c'était que chacun de leurs gestes était enregistré à la Centrale gouvernementale. L'intimité était devenue un mot désuet, il ne faisait plus partie du vocabulaire courant.

Étrangement, la majorité des citoyens avaient accepté cet état de choses sans broncher. Changement de vie digne d'une ère nouvelle.

L'appareil informatique s'activait au son de la voix de l'utilisateur. Un vrai jeu d'enfant, même pour les néophytes. Un jeu qui passionnait Anaïs.

D'un claquement de langue, l'adolescente remit son micro-ordinateur en marche et vérifia si elle avait reçu du courriel. En apercevant l'icône de la boîte à lettres et son drapeau levé, elle sourit. Une voix métallique et impersonnelle lui annonça :

« Vous avez des nouvelles d'un ami ! »

Au même instant, à la Centrale du gouvernement, on enregistra l'heure précise à laquelle elle vit le message. On avait déjà pris connaissance de son contenu intégral, à l'insu, bien entendu, de la destinataire.

Anaïs s'installa devant l'écran pour répondre tout de suite à son interlocuteur. Elle visionna la vidéo. Un visage familier apparut devant ses yeux. Anaïs nota immédiatement le léger tremblement qui secouait le coin supérieur gauche de la bouche de Sandy. Il était anxieux, devina-t-elle.

Salut, Anaïs ! Comme je te le disais plus tôt, la tension est palpable ici, à Whapmagoostui. Les têtes fortes veulent exercer des moyens de pression. Ils ne croient pas à la négociation. Ils pensent avoir trouvé le moyen idéal pour faire valoir leur point de vue : ils veulent endommager les pylônes électriques situés sur le vaste territoire de chasse cri, et ainsi plonger tout le Québec dans le noir le plus total. Ce sont de vrais activistes. J'ai bien peur qu'ils ne mettent leur projet à exécution. Ils veulent se faire entendre à tout prix. Le chef de bande n'arrive plus à les contrôler. Je te tiendrai au courant de la situation. Terminé.

L'écran revint au menu principal. Anaïs demeura songeuse quelques instants, le temps de mettre ses idées en place. Ce n'était pas la première fois que Sandy lui parlait de ces activistes. D'ailleurs, il les craignait tant qu'il lui avait expédié un colis. La consigne était claire : elle ne devait l'ouvrir qu'en cas de panne électrique majeure. Sur la boîte, Anaïs pouvait lire : « Je ne pourrais pas supporter d'être coupé de toi pendant très longtemps. Notre union est notre force à tous les deux. »

La tentation était grande. Anaïs tourna le paquet entre ses doigts. Aucun cliquetis, aucun bruit ne pouvait l'aider à en deviner le contenu. Le poids ne révélait aucun indice. L'adolescente soupira. Elle redéposa la boîte au fond de son tiroir, sous ses vêtements, à l'abri des regards indiscrets.

Elle fixa de nouveau l'écran et réfléchit à la réponse qu'elle allait faire à son ami. Elle resta pensive encore un moment, puis elle mit la caméra en marche et enregistra son message.

Sandy, j'ai de la difficulté à m'imaginer ce qui se passera si les activistes, comme tu les appelles, saccagent les pylônes électriques. Réalises-tu que ta réserve sera épargnée de la grande noirceur, grâce aux génératrices qui

vous alimentent en électricité? C'est très adroit de leur part, et en même temps, c'est sarcastique! Vous serez les seuls à pouvoir utiliser les ordinateurs. Que nous arrivera-t-il à nous, habitants du reste de la province? Terminé.

À l'aide d'une télécommande, Anaïs mit la caméra au mode arrêt. La petite lumière rouge au-dessus de l'appareil s'éteignit aussitôt. L'adolescente se leva de sa chaise et s'étira.

Lorsqu'elle avait quitté la réserve crie où elle avait passé une partie de l'été, Anaïs avait promis de garder contact tous les jours avec son ami Sandy. Grâce à la technologie, ce fut chose facile. Ils avaient l'habitude de s'envoyer du courriel vidéophonique, un peu avant vingt-deux heures, tous les soirs. C'était comme s'ils ne s'étaient jamais quittés, ou presque. Ils correspondaient ensemble depuis déjà six mois. Ils avaient aisément tenu leur promesse.

Les derniers messages qu'ils avaient échangés laissaient Anaïs perplexe. Les choses semblaient avoir bien changé depuis son départ de ce lieu isolé.

La pluie martelant la vitre de la fenêtre de sa chambre lui fit tourner la tête.

« Tiens, il pleut. C'est étrange, songea-t-elle, il neigeait, il n'y a pas cinq minutes ! »

On était en plein mois de janvier. La météo était tout à l'envers depuis quelque temps. Il neigeait en Floride et il pleuvait en hiver au Québec. On ne pouvait plus se fier au climat. Les Amérindiens prétendaient que la pollution, grande responsable du réchauffement de la planète, les conduirait à leur fin, si les habitudes n'étaient pas radicalement changées, d'où l'importance et la nécessité d'un retour aux sources comme ils le clamaient.

Vingt-deux heures huit. Sandy devait être à l'autre bout de la province, à des centaines de kilomètres de là, en train de regarder le film qui lui était destiné.

CLAC ! CLAC ! CLAC !

La pluie s'était brusquement transformée en grêlons. Anaïs ne s'en inquiéta pas outre-mesure. Elle se sentait à l'abri, bien au chaud, dans sa chambre à coucher.

Tout à coup, la pièce fut plongée dans une grande noirceur. Seul l'écran de l'ordinateur demeura lumineux, phosphorescent comme il le faisait toujours quelques secondes après avoir été éteint. Anaïs n'osa pas bouger. Elle fixa l'appareil, attirée comme un aimant par l'étrange clarté qui en émanait.

Lorsqu'elle put enfin se décider à regarder ce qui l'entourait, elle constata que tout le quartier était plongé dans le noir. Aussi loin que son regard pouvait porter, c'était l'obscurité totale. Elle marcha à tâtons dans la maison. Ça tombait mal, ses parents étaient absents pour la soirée.

Elle repensa au message alarmant de Sandy.

«Oh non, déjà! s'exclama Anaïs. Les activistes ont dû mettre leur plan à exécution.»

Elle chercha fébrilement dans la maison des bougies et une lampe de poche.

Un craquement sec la fit sursauter. Le sol vibra sous ses pieds. Elle se précipita à la fenêtre. Le gros érable, presque centenaire, qui ornait la devanture de la maison unifamiliale, s'était écroulé dans la rue. Heureusement, la maison avait été épargnée. L'arbre avait toutefois entraîné un poteau électrique dans sa chute. De nombreux fils jonchaient le sol, à proximité de la demeure.

«Me voilà prisonnière dans ma propre maison!» soupira-t-elle.

Comme une aveugle, elle reprit le chemin de sa chambre. Elle demeura toutefois optimiste.

« Aussi bien me coucher. Sans électricité, il n'y a pas grand-chose à faire. Demain, tout sera rentré dans l'ordre. »

Elle se coucha sans tirer les rideaux. Le lendemain, à son réveil, le paysage était tout simplement féerique. À l'extérieur, tout était recouvert de glace. Les arbres étaient d'une beauté inimaginable. Ils scintillaient, on aurait dit qu'ils étaient nantis de diamants. L'eau qui avait gelé sur leurs branches pesait lourd, trop lourd pour ces arbres pourtant très solides.

Machinalement, elle tapa trois fois des mains pour tenter de mettre le téléviseur en marche. Rien. Elle retapa plus fort. Toujours rien. Soudain, la mémoire lui revint. L'évidence lui sauta aux yeux : le courant électrique n'avait toujours pas été rétabli !

Elle regarda sous son lit et trouva son baladeur. Elle enfouit les écouteurs miniatures dans ses oreilles et syntonisa un poste que ses parents avaient l'habitude d'écouter. Ce que l'animateur annonça la renversa.

« Tout le Québec est plongé dans une grande noirceur suite à la tempête de verglas qui s'est abattue hier sur la province. On ne peut pas prévoir à quel moment le courant sera rétabli dans les foyers. Il y a tant de bris que le système en entier est affecté. »

Anaïs en avait assez entendu. Elle évalua elle-même la situation. Avant que l'on retrouve tous les pylônes endommagés et que l'on transporte le matériel pour les réparer... l'adolescente aura vieilli d'un mois, au moins.

Dans le nord, l'hiver ralentira les équipes affectées à la réparation de l'équipement. L'hiver sévit dans toute sa splendeur à la baie James. La neige abondante recouvre le sol, comme autrefois dans les années soixante, soixante-dix, dans les villes plus au sud. Anaïs le sait, elle a vu des photos de ce siècle révolu. Elle les a comparées avec les clichés que son ami Sandy a digitalisés et lui a envoyés via Internet.

Toute la journée, Anaïs lut des livres poussiéreux et humides qu'elle dénicha au sous-sol. C'était la seule activité qu'elle trouva à faire pour se désennuyer. Elle ne s'était jamais rendu compte à quel point elle dépendait de l'électricité. Elle mangea des craquelins et du thon en boîte, et but l'eau chlorée du robinet, incapable d'ouvrir la porte du réfrigérateur, branchée à l'ordinateur central de la demeure. Elle se contenta de ce menu pour la journée, car même la pizzeria et la rôtisserie du coin étaient fermées.

Ses parents la contactèrent avec leur télé-phone cellulaire. Ils étaient coincés à l'autre bout de la ville. Pour l'instant, les routes étaient impraticables. Il n'était pas question qu'elle tente de sortir de la maison. Anaïs devait attendre qu'on dégage l'allée, bloquée par les branches de l'arbre abattu et les fils tombés. Elle devait donc se résoudre à apprivoiser le silence et la solitude, pour les heures à venir.

« Quelle déveine pour les activistes que cette tempête de verglas ! songea Anaïs. Leurs actions viles et belliqueuses vont passer totale-ment inaperçues. »

La jeune fille s'apprêta à passer une deuxième nuit, seule, dans la grande maison. Elle regagna sa chambre avant la noirceur totale. Elle ferma soigneusement la porte et se retint pour ne pas tirer le verrou.

Qu'avait-elle à craindre ? Elle n'osa pas penser à tous les pilleurs qui pouvaient pro-fiter de la situation. Tous les systèmes d'alarme étaient inopérants.

Un frisson lui parcourut l'échine. Elle s'éten-dit sur son lit et replia l'édredon sous son men-ton. Ses yeux demeurèrent grands ouverts. Elle n'était nullement fatiguée. Il n'était que vingt heures. Lorsque la noirceur fut complète, une luminosité particulière attira son attention. Son ordinateur ! Elle avait réussi à l'oublier aujourd'hui, pour la première fois, depuis que le gouvernement l'avait fait installer dans la demeure.

La pile de l'appareil devait être active puisque l'écran était illuminé. Anaïs pensa soudainement à Sandy. Il avait sûrement tenté de la contacter. Sa réserve n'était pas affectée par la panne de courant. Il avait peut-être un indice à lui fournir sur les bris volontaires. Anaïs pourrait alors en faire part aux autorités pour accélérer les réparations, car elle demeurait convaincue que les activistes étaient les grands responsables de cette panne.

L'adolescente s'approcha doucement de l'appareil. L'écran était vide. Elle appuya sur les touches du clavier. Il ne se passa strictement rien. La pile devait être à plat, après tout. Anaïs avait dû être victime d'une illusion d'optique.

Elle chercha une pile de rechange. «Je devrai l'économiser au cas où la panne persisterait», raisonna-t-elle, prudente. En se retournant, l'adolescente se cogna contre sa commode. En se penchant pour masser son tibia meurtri, elle heurta de son front la poignée du tiroir du haut. Elle maugréa et releva la tête. Soudain, elle pensa au colis de Sandy.

« Il faut que je l'ouvre à tout prix », décida-t-elle.

Elle l'empoigna et s'approcha de la fenêtre. Elle déposa une chandelle allumée tout près d'elle. Ses gestes étaient fébriles. La nervosité la gagna. Elle retint sa respiration avant de relever le rabat de la boîte. Elle glissa la main dans le papier de soie.

Elle palpa un objet rond, métallique. Elle le retira de la boîte et le leva devant ses yeux. Un médaillon. Sandy lui avait envoyé un médaillon, dont la face était sculptée dans un bois de caribou.

Anaïs était déçue. Comment Sandy pouvait-il prétendre que cet objet lui serait utile en cas de panne ? Certes, cette œuvre d'art lui rappelait son séjour en pays nordique et son ami cri, mais…

L'adolescente passa quand même le médaillon à son cou. Elle continua à en admirer les différents détails sculptés et fit quelques pas en direction de l'ordinateur. Le centre du médaillon était mobile et bougea sous ses doigts.

Tout à coup, Anaïs ferma les yeux, éblouie par une forte lumière, projetée entre elle et son bureau de travail. Elle tressaillit. Une silhouette humaine se matérialisa lentement. Elle étouffa un cri d'effroi.

La forme devint moins floue, se précisa.

— Salut, Anaïs !

Elle reconnut la voix de Sandy. Elle distingua les traits sévères et impassibles de son visage. Il portait ses jeans et son éternel manteau d'automne kaki, déchiré par endroits. Stupéfaite, elle balbutia :

— San… Sandy. Comme… comment est-ce possible ?

Il lui sourit pour la rassurer. Ses dents blanches et étincelantes reluirent.

— Je suis ce que tu pourrais appeler une visualisation numérique de tes souvenirs. J'ai enregistré les données nécessaires dans le pendentif que tu portes, et grâce aux ondes électromagnétiques que dégage l'écran de l'ordinateur, tu peux me voir et m'entendre.

— Je ne comprends pas…

— Je sais où se trouvent les pylônes saccagés. Tu dois avertir les autorités et leur indiquer où ils sont situés, sinon vous serez plus d'un mois plongés dans ce qu'on appellera «la grande noirceur du verglas».

Sandy lui révéla l'endroit exact avec des données topographiques très précises. Anaïs nota avec soin ses confidences.

La sonnerie du cellulaire retentit dans toute la maison et les interrompit. Anaïs hésita avant de répondre. Sandy posa sa main sur elle. L'adolescente ne ressentit qu'un léger courant magnétique sur son épaule. Il l'implora du regard.

— Ma présence ici doit rester un secret entre nous, la conjura-t-il.

L'adolescente hocha la tête. De toute façon, elle avait de la difficulté à s'expliquer ce qui lui arrivait. Lorsqu'elle lui tourna le dos pour répondre au cellulaire, l'hologramme disparut.

L'attente commença. Les autorités furent averties de manière anonyme. Plusieurs équipes s'activaient à la recherche des pylônes endommagés. La pénombre perdurait depuis plusieurs jours déjà. Les parents d'Anaïs étaient revenus. Son père entretenait le feu dans l'âtre pour réchauffer la pièce centrale où ils s'étaient réfugiés. Sa mère faisait cuire l'éternelle soupe au poulet et aux nouilles dans le plat à fondue. Anaïs en profita et s'éclipsa quelques instants dans sa chambre avec un bol fumant. Elle n'avait pas voulu faire part à ses parents de sa relation secrète avec Sandy. Cette apparition demeurait trop irréelle à ses yeux. Le froid lui montait-il à la tête ? Non. Elle l'aurait juré.

Lorsqu'elle ouvrit la porte de sa chambre, de la vapeur s'échappa de sa bouche, et le froid mordant l'agressa. Elle dirigea son médaillon vers l'écran de l'ordinateur et le tourna entre ses doigts. L'image de Sandy lui apparut, comme par magie. Il semblait transi de froid. Ses dents claquaient, ses lèvres étaient bleues, il grelottait.

Ils se dévisagèrent plusieurs secondes, sans bouger. Les grands yeux noirs perçants de l'Amérindien la traversaient. Elle crut apercevoir des étoiles dans ses pupilles.

Il semblait si réel qu'elle fut tentée de lui offrir le bol de soupe. Il devina son intention. Il réussit à sourire, mais son sourire demeura figé dans son visage de glace.

— Je ne peux pas manger…

Anaïs, l'espace d'un instant, aurait aimé oublier qu'il n'était qu'un hologramme.

Ce fut soudain plus fort qu'elle, elle voulut savoir, être sûre qu'il n'était qu'une image. Elle s'étira le cou pour l'embrasser et ferma les yeux. Elle crut sentir sous ses lèvres la douceur de sa peau imberbe, mais nota aussitôt l'absence de chaleur. Une lueur vint tout à coup éclairer le ciel de la ville. Cela ne dura que le temps d'un soupir. À travers ses paupières pourtant closes, Anaïs perçut la vive lumière.

Elle entendit ses parents crier de joie. Elle ouvrit les yeux et constata qu'elle était seule dans sa chambre à coucher. Le retour en force de l'électricité avait détruit l'hologramme. Le pendentif qui était à son cou se désintégra. Une fine poussière tomba au sol.

Troublée, l'adolescente descendit rejoindre ses parents. Beaucoup plus tard, de retour dans sa chambre, elle ne put résister à l'envie d'aller vérifier si elle avait reçu du courriel. Son cœur ne fit qu'un bond lorsqu'elle se rendit compte que Sandy lui avait écrit. Elle avait hâte de faire le point avec lui sur ce qu'elle avait vécu au cours des derniers jours.

Le message n'était pas du jeune Cri, mais de son amie Kalai, une Inuk, qui habitait à quelques rues de chez Sandy, dans son village. Elle était debout devant la caméra, le dos voûté, comme si elle tenait sur ses frêles épaules un lourd fardeau. Son visage était atterré.

Anaïs, je ne sais trop comment t'annoncer cette nouvelle. Il y a quelques jours déjà, Sandy est parti chasser seul. Il avait emprunté la motoneige de son père. Son escapade ne devait durer que quelques heures. Comme il tardait à revenir, on est allés à sa recherche.

On vient d'annoncer qu'il a été retrouvé, il y a quelques minutes à peine, par une équipe affectée au rétablissement du courant électrique. Inconscient, il gisait près d'un pylône électrique qu'on avait essayé d'endommager. Étrangement, la neige autour de lui avait fondu, comme s'il avait plu. Il était couché sur une étendue de sable. Je te recontacterai lorsque j'en saurai un peu plus sur son état de santé. On s'apprête à le ramener à l'infirmerie de la réserve. Terminé.

Que s'était-il donc passé? Avait-il surpris les activistes en pleine action? Avait-il essayé de les arrêter? Avait-il été blessé lorsque le courant avait été rétabli? Était-ce dû à la projection holographique?

À moins que… Anaïs n'osa pas poursuivre sa réflexion plus loin.

Seule l'adolescente savait qu'ironiquement Sandy avait participé aux recherches et que c'était grâce à elle si on avait découvert son corps inanimé. De grosses larmes coulèrent sur ses joues.

De beaux flocons duveteux tombaient du ciel. Anaïs ouvrit la fenêtre toute grande et sortit sa tête à l'extérieur. Elle tira la langue. Un flocon, délicat comme un morceau de dentelle finement ciselé, arrêta sa chute devant ses lèvres. Elle l'avala. Il lui resta un goût amer dans la bouche.

Elle aperçut soudain, à l'endroit exact où Sandy lui était apparu dans sa chambre, un petit tas de poussière de bois de caribou… ce qui restait du médaillon. Un courant d'air le fit brusquement s'envoler à travers la pièce.

HALIX

de Jean Béland

Dans une quarantaine d'années, un avenir qui nous paraît prévisible, les enfants nés aujourd'hui seront parents d'adolescents.

Le monde aura changé de visage. La technologie sera omniprésente et entièrement soumise à l'homme. Toutefois, malgré des progrès aussi inimaginables que spectaculaires, l'être humain restera, comme depuis la plus lointaine Antiquité, un colosse aux pieds d'argile.

Pourtant, tout allait si bien pour Halix. Jusqu'à ce jour fatidique du 1er février 2013, un mois, jour pour jour, après son treizième anniversaire de naissance. Pourquoi fallait-il que…

Halix avait commencé depuis un an à peine à croquer dans la pomme de son adolescence. Maintenant, il avait atteint la taille de sa mère. Sa voix avait baissé. Un duvet était apparu à son menton.

Auparavant, il avait coulé une enfance heureuse entre ses parents, Raphaël et Marie-Andrée, et sa petite sœur Zita, née en 2006. Bien sûr, on assistait à quelques scènes, parfois, à la maison. Mais tous les quatre s'aimaient bien. Habituellement, les nuages laissaient rapidement la place au soleil.

Depuis janvier, l'adolescent avait entrepris son cycle d'études secondaires. Évidemment, ça ne se passait plus comme autrefois. Les édifices qu'on appelait «écoles» avaient été démolis depuis longtemps ou encore étaient devenus des résidences pour personnes respectables. C'est ainsi que l'on nommait les gens trop vieux pour travailler. Halix et Zita, comme tous les jeunes, étudiaient à la maison, rivés à leur écran, pendant les vingt heures hebdomadaires obligatoires. Ils travaillaient à leur rythme et aux moments qui leur convenaient le mieux.

N'allez pas croire qu'ils étaient laissés à eux-mêmes. Non. Ils étaient soumis à un certain nombre de règles très strictes. D'abord, celle de la socialisation leur imposait l'obligation de consacrer un minimum de deux heures par jour avec une ou plusieurs personnes, pour s'amuser, échanger des idées ou participer à des jeux collectifs ou à des activités. Une autre règle, parmi les plus importantes, concernait l'évaluation. Une fois par semaine, chaque jeune devait se présenter à un GAE, c'est-à-dire un «guichet automatique d'évaluation». Des GAE, on en trouvait partout. Ils étaient faciles à identifier grâce au clignotant d'un violet criard qui les surplombait. Même les adultes devaient y passer au moins deux fois par année. À leur retour à la maison, enfants comme adultes n'avaient plus qu'à presser le petit carré identifié par un E, à droite, en haut de l'écran de leur ordinateur personnel, pour obtenir les résultats : connaissances à mettre à jour, rappel d'échéances de toutes sortes, rendez-vous obligatoires chez le dentiste, par exemple, bilan de santé et, bien sûr, pour les élèves, résultats scolaires. Bref, le GAE c'était bien pratique. Tout était déjà programmé. Plus rien à penser. Ne restait plus qu'à vivre.

Vivre, parlons-en…

Jusqu'à hier, Halix se sentait bien dans l'univers orchestré par le GAE. Chaque semaine, le petit écran se contentait de le féliciter pour ses progrès. Il lui donnait quelques conseils, il l'encourageait. Pour un peu, il lui aurait tapoté l'épaule, comme son père le faisait parfois, mais hier…

Hier, le GAE semblait détraqué. Dès qu'il posa son doigt sur la petite case, l'écran devint rouge et se mit à clignoter. Puis le message apparut : URGENT : HÔPITAL.

Halix crut d'abord que le GAE s'était trompé. Lui, malade ! Sûrement pas. C'était vrai qu'il se sentait un peu fatigué depuis quelques semaines. Vrai aussi qu'il était fiévreux et qu'il avait du mal à sortir du lit le matin. Marie-Andrée, sa mère, montrait des signes d'inquiétude. Elle constatait qu'il avait maigri et que ses grands yeux étaient cernés. Tout de même, à part cette fatigue, Halix se sentait presque bien. Pour se rassurer, il se rendit à un autre guichet, tout près. Même réaction du GAE, même message fatidique.

En entrant dans la maison, Halix comprit que ses parents avaient été mis au courant. Les GAE étaient reliés aux ordinateurs personnels des parents, c'était bien connu. Pas moyen d'y échapper.

— Il faut aller à l'hôpital, dit Marie-Andrée, d'une voix inquiète.

— Nous partons tout de suite, ajouta Raphaël.

Il précisa aussitôt :

— Enfin, dès que j'aurai trouvé quelqu'un sur le réseau pour poursuivre mon travail.

Raphaël Blondeau était technicien en aérospatiale. Il travaillait à domicile, comme la majorité des gens. Quatre heures par jour, il commandait des instruments robotisés localisés dans une autre ville. Ces machines fabriquaient des pièces de précision. De plus, il supervisait toutes les étapes de la production, depuis le dessin original, sur écran, jusqu'à l'installation de la pièce dans un appareil volant. C'est ce qu'il appelait le cheminement de la pièce. Son métier: *chemineur industriel*.

Quinze minutes plus tard, Halix se présenta à l'hôpital, encadré de ses parents. Sa grand-mère, qui habitait tout près, était en route pour rejoindre Zita, sa petite sœur laissée seule à la maison. Seule ? Pas vraiment. Le SSD, c'est-à-dire le «système de surveillance à distance», était enclenché. Au moindre signe de difficulté, des dizaines de personnes seraient alertées instantanément. Sans compter que Zita et sa grand-mère étaient en contact grâce à leurs montres-écrans.

L'hôpital était un édifice à peine plus grand qu'une résidence familiale. À l'entrée, une bonne douzaine de GAE étaient à demi cachés par autant de files d'attente. Plus imposants, plus sophistiqués et plus rapides, ces guichets se spécialisaient dans l'évaluation de la santé. Le trio se plaça à la fin d'une file. Malgré le grand nombre de personnes en attente, il avança rapidement. Marie-Andrée en profita pour parler à son fils des hôpitaux d'autrefois dont plusieurs édifices existaient encore. Énormes, ils étaient remplis de chambres alignées dans de longs corridors. Le service y était lent et le personnel s'épuisait rapidement.

Son tour venu, Halix appuya sur le petit carré identifié par un E. Aussitôt, la machine lui commanda de déposer un cheveu dans la fente aménagée dans le panneau, sous l'écran.

— Il s'agit d'un test d'ADN, expliqua Raphaël.

Marie-Andrée avait des gestes tendus. D'une main, elle caressait l'épaule de son fils. De l'autre, elle serrait un mouchoir de papier. Elle sentait que d'un moment à l'autre, elle pourrait fondre en larmes.

L'écran se figea un instant. La caresse de la mère se fit nerveuse. Le pli au front de Raphaël se creusa. Comme si une pièce allait être rejetée. Halix respirait à peine. Il était livide. Le verdict allait tomber. Ce serait le plus important de sa vie.

L'écran se colora d'un bleu uniforme. Puis, sous la case *diagnostic* apparurent les lettres terrifiantes du mot «leucémie». Dans ses yeux voilés, Halix distingua un autre message : URGENT, PORTE 4, À VOTRE DROITE.

Sans voix, soutenu par ses parents, l'adolescent se dirigea vers l'endroit indiqué. La porte était ouverte. Tous trois entrèrent dans une minuscule salle où un autre GAE, dès la première pression du doigt, indiqua le traitement. Essentiellement, Halix devrait se reposer, subir des radiations par micromagnétisme, suivre une diète à la lettre et prendre des médicaments. Chances de guérison : 81 %, estimait la machine. Halix respira de nouveau jusqu'au moment où il prit connaissance de la ligne suivante : *interdiction formelle de quitter la ville pendant les trois prochains mois, sans autorisation médicale.*

Jusqu'à hier, Halix préparait ses bagages pour son premier voyage dans l'espace. Le départ était prévu pour demain. Imaginez : une semaine dans la station orbitale CER, C pour Chine, E pour États-Unis et R pour Russie, les trois pays les plus développés actuellement sur la Terre. Ils ont choisi le français comme langue commune afin d'éviter de favoriser un pays en particulier.

Aujourd'hui, la déception de l'adolescent est indescriptible. Enfermé dans sa chambre, effondré, il regarde ses bagages. Tout y est : trousse de soins personnels, ordinateur et vidéophone solaire, progiciels et micropuces d'information sur la *spatialité,* comme on dit de nos jours. Il a prévu aussi quelques vête-ments, entre lesquels il a glissé la photo de Lalia.

Lalia ! se surprend-il à dire à haute voix.

Lalia, son amie d'enfance. Ils ont grandi ensemble. Ils se voient souvent. Ils se parlent tous les jours, surtout à propos de leurs travaux scolaires qu'ils font en réseau.

Marie-Andrée frappe à la porte, chassant de la tête du garçon l'image de la grande fille douce.

— J'ai annulé le voyage, dit-elle simplement.

Halix ne réagit pas. Il est résigné. Il sait qu'il n'a d'autre choix que de tout tenter pour retrouver la santé. D'ailleurs, dans son état, on ne le laisserait pas monter à bord de la CER. Pour y accéder, il le sait, il faut passer par un tas de GAE.

— Laisse-moi seul, se contente-t-il de souffler à sa mère, qui aimerait s'attarder un peu.

Tristement, le jeune homme regarde encore une fois ses bagages. Ils attendent sagement dans un coin, juste à côté de la vieille valise qui contient les véhicules miniatures de son enfance. Il s'en souvient tout à coup. Plus jeune, quand il avait du chagrin, il ouvrait cette valise pour en retirer des dizaines de minimodèles. Ensuite, il les disposait sur un carton blanc où des lignes tracées au crayon gras délimitaient des rues, des édifices, des parcs, des magasins, toute une ville. Animer sa ville le consolait complètement.

Bien sûr, maintenant qu'il a treize ans, s'amuser avec des véhicules jouets lui paraît un peu enfantin. Pourtant, quelque chose le pousse à ouvrir la valise et à la vider de son contenu. Le carton blanc, il s'en souvient, est caché sous le lit. Il y est encore, jauni mais intact.

Cette fois, la magie n'opère plus. Halix est déçu, partagé entre la tristesse et la colère. Il a peine à contenir la révolte qui bouillonne en lui et qui lui donne envie de lancer contre le mur ces témoins de son enfance.

— Pourquoi moi ? lance-t-il d'une voix remplie de rage.

Pour se calmer, il s'allonge sur son lit. Le froufrou du mécanisme d'ajustement des ressorts à la position de son corps le rassure un peu, comme quand il était petit et qu'il avait peur dans le noir. Machinalement, il manipule sa télécommande à multifonctions pour mettre en marche son écran personnel. Aussitôt son MQP, c'est-à-dire son « menu quotidien personnalisé », lui propose plusieurs jeux, deux ou trois films qu'il n'a pas encore vus et une capsule d'information sur la leucémie.

Le MQP a «compris» la situation de l'adolescent. Halix choisit la rubrique sur sa maladie, adoptant le mode audio afin d'éviter la lecture. Car il se sent épuisé. Une voix d'homme, monocorde, commence aussitôt à débiter un texte plutôt assommant sur la leucémie, sa définition, ses symptômes, ses variétés :

«La leucémie lypyphoïde chronique, ânonne la voix, se manifeste d'abord par une fièvre et une fatigue persistantes et la découverte d'adinopathies…»

Les yeux fermés, Halix n'écoute pas vraiment. La monotonie des explications le calme peu à peu. Il sent le sommeil l'engourdir lentement pendant que le lecteur continue :

«Toujours au chapitre des recherches en cours pour le traitement, le célèbre docteur Maxwell Schan, directeur de la station orbitale scientifique Atlantis, vient d'annoncer la découverte très prometteuse d'un médicament à base de poussière de météorite et administré en apesanteur. Ce nouveau produit a permis de constater un taux de guérison de plus de 90% chez les souris leucémiques. Le laboratoire du docteur Schan est à la recherche de volontaires pour tester le médicament sur des humains et espère ainsi…»

Halix sursaute. Il n'est pas certain d'avoir bien compris. Fébrilement, ses doigts ramènent le lecteur en arrière de quelques phrases. Cette fois, il écoute avec attention :

«… TAUX DE GUÉRISON DE PLUS DE 90 % CHEZ LES SOURIS LEUCÉMIQUES. LE LABORATOIRE DU DOCTEUR SCHAN EST À LA RECHERCHE DE VOLONTAIRES POUR TESTER LE MÉDICAMENT SUR DES HUMAINS ET…»

Surexcité, Halix entend à peine la suite :

«Les candidats recherchés doivent avoir entre douze et seize ans. L'autorisation de leurs parents est obligatoire. »

— Maman !

Le docteur Schan l'a prévenu : le séjour dans la station scientifique Atlantis n'est pas une partie de plaisir.

En raison de l'état de faiblesse qu'il a maintenant atteint, Halix a dû rester attaché tout le long du voyage. C'est à peine s'il a pu entrevoir la Terre s'éloigner peu à peu. En plus, l'amarrage à la station s'est effectué sous la lueur bleutée des phares orbitaux. Le malade n'a presque rien vu.

Au premier abord, Maxwell Schan n'est pas très sympathique. Avec ses sourcils épais au-dessus de lunettes à monture foncée, ses cheveux en broussaille et son regard préoccupé, il semble ignorer la différence entre un ado et une souris de laboratoire. Son teint a l'apparence du marbre. Halix imagine que, si cet homme souriait, la peau de son visage pourrait craquer.

La nourriture réhydratée, l'apesanteur, l'inconfort du hamac qui lui sert de lit et la forêt de machines tout autour de lui, voilà le menu de ses trois premiers jours de traitement. Halix se sent de plus en plus faible, seul aussi, au milieu des chercheurs absorbés par leur travail, plus intéressés par les écrans auxquels il est relié que par lui-même. Seul, sans ses parents, sa petite sœur, Lalia…

Lalia !

L'image de son amie semble jeter un peu de soleil dans la pénombre bleutée de la station.

Le cinquième jour, Halix n'en peut plus. On le force à manger encore la potion à base de poussière de météorite. C'est franchement dégueulasse. Il ressent une faiblesse extrême.

Il croit qu'il va mourir. Le docteur lui avait dit que le remède aurait pour effet de stimuler les mécanismes de défense de son organisme, mais aussi de l'épuiser. Il avait raison au moins sur ce point. Le sixième jour, Halix est à demi conscient.

Le lendemain, sans explication, voilà qu'il se sent mieux. Faible, très faible et très fatigué, mais mieux. Il a faim pour de vrai. Même la fameuse poussière lui paraît presque bonne. Il demande qu'on le détache pour se dégourdir un peu les membres dans l'apesanteur.

Prévenu du changement, Maxwell Schan amène ses lunettes foncées et ses gros sourcils au-dessus du malade. Le savant respire bruyamment. C'est sa façon à lui de manifester sa satisfaction.

— Le combat est terminé, dit-il, le visage toujours de marbre, mais avec une pointe de sourire dans le regard. Tu es guéri. Il ne te reste plus qu'à reprendre des forces. Dans une semaine ou deux…

Halix n'écoute plus. Une grosse larme de joie se perd aussitôt dans l'apesanteur de la station.

Le 29 février 2014, un peu plus d'un an après l'annonce de sa maladie, Halix, Lalia et leurs parents ont pris place dans la file pour l'embarquement. Le véhicule spatial va bientôt s'envoler vers la station orbitale CER-22, la plus récente et la plus moderne.

Halix est complètement remis. Chez lui, dans sa chambre, une ville de minimodèles, montée en cachette, sommeille sur un carton jauni. La magie est revenue.

Sans le savoir vraiment, Halix se prépare à réaliser, en compagnie de celle qu'il aime tant, le plus beau voyage de sa vie.

Mais ça, c'est une autre histoire…

LA PETITE

de Francine Pelletier

J'ai écrit «La petite» il y a longtemps, à une époque où le clonage relevait encore de la science-fiction. Je m'étais alors inspirée d'un article de journal traitant des possibilités futures de la génétique. Aujourd'hui, je frissonne à l'idée que cette fiction ne devienne réalité. Voilà pourquoi l'histoire de «La petite» est située dans un futur rapproché : parce que ça pourrait être vrai bientôt, ou même… demain.

— Je ne t'ai jamais parlé de lui.

Albert Ferrier a prononcé ces mots à mi-voix. De toute manière, Carla n'écoute pas. Dans un instant, il le sait, elle va plonger dans sa rêverie habituelle qui donne une profondeur étrange à son regard. On dirait qu'une porte s'ouvre alors sur un autre monde.

Les rayons du soleil filtrent à peine à travers les lattes des volets, jetant des plaques de clarté sur le tapis d'Orient décoloré. Carla a toujours aimé cette fausse obscurité. Derrière les volets, il y a la forêt, ou plutôt un sous-bois qui dissimule la maison aux yeux du voisinage. Un chemin couvert de sable blond descend vers le lac, avec des à-pics par endroits. Leur fils Pierre-Alexandre, tout comme Carla autrefois, adore dévaler la pente à toute allure pour se jeter dans les eaux froides.

La pendule sonne six heures. Pierre-Alexandre ne tardera pas à rentrer, en compagnie de son oncle.

Sur la table à café s'étale une feuille de plastique qui protège le bois précieux contre la menace des pots de gouache qu'on y a posés. La peinture, le violon d'Ingres préféré de Carla. Pourtant, ce n'est pas elle qui a abandonné les pots ouverts. Pourquoi son fils doit-il tant lui ressembler, jusque dans ses loisirs?

Ferrier se tourne un moment vers l'ordinateur resté allumé même si personne ne s'en sert. Une page de quotidien s'y étale. Une manchette a attiré le regard de Ferrier, un titre sur trois colonnes: L'«Organoculteur» à la recherche d'un donneur pour sa fille.

L'Organoculteur... Depuis combien de temps Ferrier n'a-t-il pas lu ou entendu ce mot?

— Je l'ai connu à Saint-Luc, pendant tes traitements.

Si Carla entend l'allusion à cette sombre période de son existence, elle n'en laisse rien voir. Mais Ferrier ne s'adresse pas vraiment à elle, il se parle à lui-même.

— En pleine épidémie. On venait juste de découvrir cette saloperie responsable de la contamination. Les hôpitaux étaient bondés de patients, pour la plupart des femmes enceintes. Une vraie catastrophe. Et voilà

81

qu'on nous annonce que les fœtus pouvaient souffrir de malformations pulmonaire et cardiaque. Que, peut-être, il n'y aurait pas d'autre moyen qu'une greffe pour sauver nos enfants. Quelle ruée vers les hôpitaux ! C'est tout juste si les gens ne voulaient pas réserver une place pour leur enfant. Pour l'avenir de leur enfant…

Il a encore baissé la voix. Carla penche un peu la tête dans sa direction. Écoute-t-elle ?

— Brinberg était au chevet de sa compagne. Comme pour toi, on ne savait trop si elle allait survivre. Comme dans le cas de notre Pierre-Alexandre, on avait tenté de minimiser les risques pour son enfant en transférant le fœtus *in vitro*. Comme pour nous, il n'y avait plus rien à faire qu'à attendre. La similitude de nos situations nous avait rapprochés. Mais là s'arrête la comparaison. Auguste Brinberg avait le monde à ses pieds. Alors que moi…

Pendant un bref instant, Carla tourne vers lui son visage redevenu attentif. Albert ne la quitte pas des yeux. Le centre de sa vie. Qui déjà détourne la tête.

— Tu ne peux pas savoir ce que c'était, ces conversations dans la salle d'attente. Brinberg était un homme solide au physique impressionnant. Imagine un type plus grand que ton frère Jonathan, mais trois fois plus large. Avec une voix qui faisait trembler les vitres. Une voix qui pouvait devenir persuasive, quand il parlait de son projet…

Carla esquisse un sourire moqueur.

— Oui, je sais ce qu'il est advenu du projet Brinberg. Il y a eu cette levée de boucliers : « Le destin, c'est le destin », « Ne nous ingérons pas dans l'œuvre de Dieu ». Comme si un dieu pouvait être responsable d'une stupide contamination ! Le gouvernement a été forcé d'interdire l'« organoculture ». Mais, tu sais, on disait dans le temps que cette décision officielle n'était qu'une façade. Que le gouvernement ne pouvait rejeter le projet d'Auguste Brinberg, que quelque part, en secret, il devait exister l'une de ses fermes…

Ferrier s'arrête, une remarque informulée sur les lèvres.

Quelle ironie du sort ! Brinberg empêché de mettre sur pied le projet qui aujourd'hui sauverait sa propre fille…

Carla a retrouvé maintenant son sourire un peu triste. Ferrier soupire.

— N'empêche… Je me dis souvent qu'on ne sait jamais, si Brinberg avait poussé son projet en secret… Si jamais Pierre-Alexandre devait… Je ne supporterais pas de le perdre, lui aussi.

Une calvacade retentit sur le plancher de la galerie. La porte de bois est repoussée brusquement et le ressort de la moustiquaire grince. Deux silhouettes se découpent à contre-jour : celle de Jonathan, élancée, et celle toute menue de son neveu. Deux corps graciles comme celui de Carla. Qui lui ressemblent beaucoup trop.

Le petit garçon s'élance joyeusement vers la cuisine. Jonathan s'arrête près du fauteuil de son beau-frère :

— À qui parlais-tu, Albert ?

Ferrier hausse les épaules. Son regard ne peut se détacher de l'hologramme posé sur son socle. Là remue doucement, dans une suite de mouvements qu'il connaît par cœur, l'image de la femme qu'il a tant aimée.

Il faut qu'elle rentre, maintenant. Quand la brise devient fraîche sur la rivière, quand les feuilles des arbres prennent cette transparence de vert et d'or parce que le soleil s'amuse à passer au travers, elle sait qu'il est temps de revenir vers la maison.

L'inclinaison de la pente a transformé la rue en piste pour planches à roulettes. Chaque été, des garçons et des filles du quartier y répètent les mêmes exploits. Elle leur jette un regard d'envie, puis très vite détourne la tête. Même s'ils l'invitaient — mais ils ne l'inviteront pas, ils la connaissent maintenant —, elle ne pourrait accepter. Tante Aline ne le permettrait pas. Tante Aline ne permet pas grand-chose. Pas de ski en hiver, encore moins de luge sur les pentes de l'école. Pas de baseball en été, pas de patins à roulettes. « Tu es trop précieuse pour ces jeux dangereux », explique tante Aline quand la petite demande pourquoi. *Précieuse ?*

Elle avance, le nez penché. C'est seulement en s'approchant de la maison qu'elle lève la tête et aperçoit la voiture.

Une limousine, comme ils disent à la télé. Une limousine *avec* télé. À l'intérieur, derrière les vitres teintées, le chauffeur contemple un écran animé. Il n'a pas vu la petite arriver. Elle décrit un large détour pour ne pas se faire davantage remarquer. Continue jusque chez les Dupont. Elle pourra passer par la haie. Gagner la porte arrière. Se glisser dans le sous-sol sans qu'*ils* ne la remarquent.

Peut-être que ce ne sont pas les mêmes hommes que la dernière fois. Peut-être que ceux-là ne feront pas pleurer tante Aline. La petite était bien jeune, alors. Elle n'allait pas encore à l'école. Tout juste à la maternelle. Tante Aline n'a pas voulu expliquer, ce jour-là. Ni plus tard. Elle a serré la petite contre elle, très fort, jusqu'à lui faire mal.

Ce n'était pas la même voiture.

La haie répand une bonne odeur sucrée. Des abeilles bourdonnent encore au creux des fleurs roses. Elle ne doit pas les bousculer et risquer de se faire piquer. Tante Aline ne serait pas contente.

Les fenêtres sont ouvertes en ce chaud début d'été.

— Vous n'avez pas vécu toutes ces années avec elle, vous !

La voix de tante Aline paraît brisée. Ces hommes ont déjà réussi à la faire pleurer.

— Pour vous, elle n'est qu'un cobaye mais, pour moi, c'est un petit être humain sans défense…

La petite ne comprend pas le sens de tous les mots. Qu'est-ce que c'est, un *cobaye* ? Elle voudrait demander. Mais elle sent qu'il ne faut pas bouger.

La voix qui réplique à tante Aline est calme, une voix d'homme que rien ne semble émouvoir :

— Lorsque nous vous avons retrouvée, il y a deux ans, madame Masson, nous vous avons avertie que ce n'était qu'un sursis pour la petite. Elle a été conçue pour *ça* et rien d'autre.

Une autre voix intervient, plus suave :

— Dois-je faire part de vos réticences au directeur de la ferme ?

Tante Aline répond, très vite, un ton plus bas, et il n'y a plus de larmes dans sa voix :

— Ce ne sera pas nécessaire.

— Où est-elle ? demande la voix suave.

La petite n'entend pas la réponse, seulement la première voix d'homme qui ordonne :

— Appelez-la.

La petite a reculé. Nul besoin d'entendre les pas de tante Aline qui descend lentement l'escalier. Nul besoin non plus d'entendre grincer la porte moustiquaire. La petite est déjà de l'autre côté de la haie, sur la propriété des Dupont, quand la voix mal assurée de tante Aline commence à appeler. La petite voudrait se boucher les oreilles, mais elle a besoin de toute son agilité pour zigzaguer entre les meubles de jardin. Le garage des voisins est ouvert. Le contraste entre son obscurité et la lumière du jour est si grand qu'elle avance en aveugle. Attention, ne pas descendre dans la rue. Se glisser, aussitôt sortie de l'abri, le long du mur. Jusqu'à la haie des deuxièmes voisins. Et là, seulement, se mettre à courir.

Elle a oublié le chien. Lorsqu'il se met à aboyer, elle reste paralysée, le cœur au bord de l'éclatement. Heureusement, le monstre est attaché, pour une fois. Sa laisse n'est pas assez longue pour qu'il puisse l'atteindre. Vite ! Se hisser par-dessus la clôture de bois.

Elle tombe au milieu d'une bagarre. Dans la piscine, Clarisse bouscule et éclabousse son petit frère Antoine en poussant des hurlements de joie. À bout de souffle, la petite hésite. Sur le patio, la mère des enfants la regarde venir avec un sourire intrigué.

— Bonjour, mon poussin. Qu'est-ce qui t'arrive aujourd'hui ? On dirait que tu as le diable à tes trousses !

Margot a toujours cette voix douce pour lui parler. La petite voudrait fuir encore, avant que Margot ne réponde aux cris d'Aline que l'on ne manquerait pas de percevoir si les enfants ne s'agitaient pas tant dans la piscine. Fuir encore, mais ses jambes n'ont plus de force. Et la petite s'écroule contre la chaise. Les mains de Margot la soutiennent, l'enlacent.

— Pauvre poussin ! Raconte un peu ton gros chagrin à Margot.

Elle se rend compte qu'elle est en train de pleurer et ses sanglots redoublent.

— Ne les laisse pas m'emmener ! Je ne veux pas être un cobaye !

Le visage de Margot exprime la stupéfaction.

— Qui veut t'emmener ?

— Les hommes, hoquète la petite, les hommes à la grosse voiture. Ils ont fait pleurer tante Aline et maintenant elle me cherche pour qu'ils puissent m'emmener.

Clarisse a quitté la piscine où Antoine est désormais seul à s'ébattre. Par-delà le clapotis de l'eau, la voix d'Aline est perceptible, faiblement. Margot s'est redressée en reconnaissant la voix de son amie. Sa main reste posée sur l'épaule de la petite. Les doigts tremblent. Margot n'a sans doute pas oublié, elle non plus, ce jour où les hommes sont venus, la première fois.

Enveloppée dans son peignoir de bain, Clarisse s'est approchée.

— Qu'est-ce que t'as, tu t'es fait mal ?

La voix de Margot est un peu brusque :

— Laisse-la.

Clarisse lève sur sa mère des yeux étonnés. Margot repousse les deux fillettes vers la porte-fenêtre.

— Clarisse, emmène-la avec toi dans la maison.

— Je suis toute mouillée ! proteste l'enfant, habituée aux remontrances.

— Allez au sous-sol et n'en bougez pas, c'est compris ?

La petite acquiesce, soulagée. Elle fait confiance à Margot.

On aurait trouvé un donneur pour l'enfant Brinberg.

Un autre jour semblable à tous les autres. Cette fois, c'est Ferrier lui-même qui a allumé l'ordi, qui est entré dans le réseau, qui a parcouru le quotidien en quête de cette nouvelle manchette. Il reste immobile à la contempler. Il voudrait lire et puis non.

Des rires, la porte s'écarte, Pierre-Alexandre et son oncle surgissent. Avec eux le bruit, le mouvement.

— Ça sent le renfermé, s'exclame le garçon en se bouchant le nez.

— Tu as raison, fait Jonathan en écartant les volets.

Ferrier cligne des paupières devant la brusque clarté. Pierre-Alexandre s'est approché de l'ordi, la main tendue pour effleurer l'écran, y faire apparaître le menu du réseau. Ferrier repousse le garçon avec brusquerie.

— Ôte-toi de là ! Tu vois bien que je m'en sers !

Son fils recule, comme si la main paternelle l'avait brûlé. Une moue plisse sa bouche. La bouche de Carla sur ce visage d'enfant.

— Tu ne vas pas te mettre à brailler !

Jonathan s'approche aussitôt, protecteur.

— Écoute, Albert…

— C'est *ma* maison, ici. À croire que je ne suis plus chez moi !

Jonathan le fixe et il ne peut s'empêcher de ciller. Le jeune homme détourne enfin le regard.

— Oui, c'est ta maison, ton ordi… Ton fils.

Si peu son fils. Tellement celui de Carla. Jonathan pose une main sur le bras de son beau-frère.

— Albert… Pierre-Alexandre a le droit de vivre. Il lui faudrait des amis, des copains de son âge.

Le garçon proteste :

— Mais tu es mon ami, Jo !

Déjà, Jonathan est penché vers le garçon. Oublié, Albert, le vieil Albert et son chagrin.

— Je suis ton ami, Alex. Mais tu te rappelles comme c'était amusant, l'été dernier, quand madame Joly avait ses petits-enfants en visite ? Quand on allait se baigner tous ensemble ?

Ferrier s'éloigne, il passe sur la galerie. Il veut ignorer le rire complice qu'échangent Jonathan et le garçon, tandis qu'ils évoquent les souvenirs de leurs étés.

Les yeux clos, il se laisse choir sur un fauteuil de jardin. Le meuble proteste sous son poids. Sous ses paupières, la manchette du journal est restée imprimée. Le titre le nargue. *Un donneur… pour l'enfant…*

— S'il a poursuivi son projet…

Le projet d'Auguste Brinberg !

Ferrier entend encore la voix chaude, en écho du passé : « Je vais créer l'organoculture, Ferrier. La culture des organes humains. » L'idée était-elle si insensée ? Cultiver des organes humains. Mettre sur pied une banque permanente qui s'enrichirait d'elle-même. Ne plus hypothéquer l'avenir d'un enfant parce qu'on manque d'organes au moment où la greffe s'avère nécessaire…

Personne n'a vraiment cru que Brinberg ait pu *réellement* renoncer à son projet. Ferrier autant que les autres.

La tête renversée dans son fauteuil, il essaie de déchiffrer, sur les lattes du toit de la galerie, le passé et l'avenir.

À quoi ressemblerait une « ferme » Brinberg ? Il imagine de vastes salles obscures, à l'atmosphère humide et confinée, où sont alignées des rangées de gigantesques bassins. Derrière leurs parois quasi transparentes, on devine des formes humaines, à demi humaines, des humains inachevés, incomplets…

L'un d'entre eux possède une longue chevelure blonde qui flotte autour de lui dans le liquide ambré. Qui flotte autour d'elle. Ses paupières s'entrouvrent. Elle remue. Ses doigts s'étirent, ses mains s'agrippent au bord du bassin sans couvercle. Elle va sortir.

Carla !

— Albert, ça va ?

Non, ce n'est pas tout à fait le profil de Carla, dans l'encadrement de la porte. C'est celui de Jonathan que Ferrier chasse d'un regard mauvais.

Et si Auguste Brinberg avait quand même mené à bien son projet?

La sonnerie retentit longuement à l'autre bout du fil. Les doigts de Margot sont crispés sur le cellulaire.

— Allô?

Cette voix masculine lui est inconnue. A-t-elle composé le mauvais numéro? Dans son énervement, elle peut fort bien s'être trompée. Mais non, l'afficheur le lui confirme. Et puis elle le connaît par cœur, ce numéro, depuis des années.

— Je suis bien chez Aline Masson? Je voudrais lui parler.

Il faut un moment avant d'entendre la voix de son amie. Un peu enrouée, cette voix qui manque d'assurance.

— Aline, il faut que je te dise…

— Je ne peux pas te parler ce matin, Margot. Rappelle plus tard.

— Mais, Aline…

Le doute, soudain. Et si l'un des hommes écoutait?

Julien se soulève dans leur lit, encore ensommeillé, une main frottant sa barbe râpeuse. Margot évite son regard moqueur.

— Je n'ai pas pu lui parler.

Il esquisse un sourire, elle ajoute très vite :

— Tout cela n'est pas normal, Julien. Je refuse de laisser partir la petite.

— Et moi, je refuse de te voir créer des drames à partir de rien. Je suis sûr que tout s'expliquerait bien simplement, si tu parlais franchement à Aline. Sans compter que garder la petite une autre nuit… Je ne tiens pas à faire face à des accusations d'enlèvement et de séquestration. Et puis on a bien assez de nos enfants, ça ne nous regarde pas.

— Julien !

En bas, le rire des enfants s'interrompt.

Plus tard, Julien est au salon en train de ramasser les jouets qui traînent quand, tout à coup, il soupire :

— Tiens, voilà ta copine. Elle est en train de parler au voisin.

Margot se précipite dehors. Aline la regarde venir, le front soucieux. C'est le voisin qui explique :

— Elle cherche sa petite, vous ne l'auriez pas vue ?

Margot va répondre, mais le regard d'Aline l'arrête. Alors, seulement, Margot aperçoit l'homme qui se tient un peu en retrait. Il est vêtu d'un complet de toile légère. Rien de menaçant dans son attitude, sinon ses yeux sombres fixés sur Aline.

— Ils ont prévenu la police hier soir, ajoute le voisin.

La police? Margot jette un nouveau regard sur l'homme aux yeux noirs. Cet homme, un policier?

La main d'Aline se pose sur la sienne. Une main glacée. Aline demande d'une voix à la gaieté forcée:

— Mais il y a longtemps que je ne t'ai vue, Margot, comment va ta mère? A-t-elle toujours sa maison à la campagne?

Le voisin la contemple d'un air interloqué. Drôle de sujet de conversation, alors qu'une enfant a disparu! Mais les yeux d'Aline contiennent un tout autre message. Margot a compris, elle répond doucement:

— Ma mère va bien, c'est plutôt Julien qui râle ces jours-ci. Je crois que je vais partir quelques jours avec les enfants. Qu'en dis-tu?

— Excellente idée. Tu pourrais aller chez ta mère, justement.

Margot déteste ce jeu des allusions. Elle déteste cet homme qui s'approche, le visage impassible, les yeux fixés sur Aline qui s'agite.

— Il faut que je te laisse, Margot. Bon voyage.

Debout devant la fenêtre du salon, Julien n'a rien perdu de la scène. Il se détourne lorsqu'elle le rejoint.

— Ce type, qui c'était ?

— Je ne sais pas. Aline n'osait pas parler en sa présence, j'en suis sûre.

Julien hoche doucement la tête.

— Est-ce que tu n'exagères pas encore ?

— Elle *sait* que la petite est ici, Julien. Elle m'a même fait comprendre qu'elle voudrait que je l'éloigne. Elle a suggéré que nous allions chez ma mère, au lac.

Il lève les yeux au plafond, exaspéré. Il ne veut pas la croire, bien sûr, et pourtant, il doit…

— Julien, elle dit qu'ils ont prévenu la police. Tu crois que ça se passe comme ça, quand une enfant de sept ans disparaît aussi près d'une rivière ? Tu as aperçu une patrouille, à pied ou en bateau, des rabatteurs, des hommes-grenouilles… ?

Cette fois, troublé, il hésite :

— Dans ces cas-là, ils ne passent pas inaperçus. Ils n'ont aucune raison d'être aussi discrets.

— Je vais partir, Julien, comme elle me l'a suggéré. Elle sait que je vais chez maman. Elle a le numéro de mon cellulaire. À elle de m'appeler.

Il ouvre la bouche, mais elle ne lui laisse pas le temps de répliquer :

— Que tu sois d'accord ou non, Julien, ma décision est prise.

Il acquiesce, avec un sourire pâle.

— Je vais prévenir Clarisse et Antoine. Et la petite.

Pourquoi s'est-il encore précipité sur l'ordi ? Avec une morbide jalousie, il a parcouru les manchettes en quête de nouvelles. D'une mauvaise nouvelle.

Démenti dans le cas Brinberg : pas de donneur miracle.

Il ricane, satisfait de voir qu'un autre ne sera pas épargné. Cet apaisement à ses souffrances... Même le riche, le puissant Auguste Brinberg ne sait donc pas détourner le destin ?

Et pourtant, il ne peut s'empêcher de le regretter. Si son fils devait se trouver dans la même situation, ce fils qui ressemble tant à Carla, qui est tout ce qui lui reste de Carla, ce fils dont il ignore le rire et la présence, là, à côté, sur la galerie...

Et s'il reprenait contact avec Brinberg? Ils ne sont pas les seuls à vivre cette inquiétude permanente. Tous ces hommes qui attendaient, comme eux, dans les salles faussement gaies des hôpitaux… À eux tous, ils peuvent former un lobby assez imposant, obliger les autorités à revenir sur cette interdiction vieille de sept ans. Créer ces fermes où ils élèveraient des copies d'êtres humains, prêtes à servir au besoin.

Sur la galerie, Pierre-Alexandre et Jonathan font des projets de baignade. Il s'arrête sur le seuil, les contemple en souriant. Son fils, surpris par ce visage amène, reste un moment immobile, puis il bondit vers lui, heureux de partager sa joie.

— Madame Joly a de la visite, p'pa. Ce sont des filles, enfin, il y a un gars mais il est trop jeune. Les filles, elles savent nager, alors ça ira. Il y en a une qui n'était pas là l'été passé. Elle est pas mal pour une fille, tu sais. Tu viendras te baigner avec nous?

Il acquiesce, submergé par le flot de paroles, déjà distrait. Jonathan pose une main sur l'épaule du garçon déçu.

— Allez, viens, Alex, on va mettre nos maillots.

Albert, le regard vague, tire ses propres plans. Contacter Brinberg. Il trouvera ses coordonnées dans le réseau. Se mettre à son service. Leurs enfants ne mourront pas. Il le jure.

Il lui a fallu du temps pour rejoindre Brinberg, pour obtenir seulement de lui parler. L'«Organoculteur» avait la voix lasse au téléphone. Ferrier lui a exposé son idée de lobby, et l'autre – qui semblait en quête d'espoir – a trouvé l'idée intéressante. Tellement intéressante qu'il arrive toutes affaires cessantes, ici, au lac, rencontrer cet autre père inquiet.

Ferrier soupire de satisfaction, il se frotte les mains. Enfin, agir !

Pierre-Alexandre apparaît soudain sur le seuil de la galerie, enveloppé dans sa serviette, les cheveux encore tout humides de sa baignade.

— P'pa, est-ce que je peux inviter Clarisse et son amie à venir jouer à la maison ?

Ferrier agite la main, un vague geste d'acquiescement qu'il regrette aussitôt. La présence des enfants n'embêtera-t-elle pas Brinberg, lui dont la fille est malade? Trop tard pour revenir sur la permission. Et tant pis. Brinberg dira ce qu'il voudra. N'est-ce pas pour l'avenir des enfants que, désormais, ils travailleront tous deux?

Ce texte est la version remaniée d'une nouvelle parue dans la revue *imagine...*, n° 46 (décembre 1988), p. 105-120, puis reprise en anglais dans une anthologie canadienne de science-fiction: «Guinea Pig» (traduction de Jane Brierley), dans *Tesseracts 3*, Victoria, Porcépic Book, 1990, p. 408-419.

L'APPRENTI SORCIER

de Diane Desaulniers

Ce qui me fascine le plus, dans un avenir immédiat, ce sont les recherches qui se poursuivent sur le cerveau humain. Dans quelques décennies, les médecins et les chercheurs nous en feront voir de toutes les couleurs. Les expériences de ce jeune apprenti sorcier déchaînent une série d'événements dont il est incapable d'arrêter le cours.

C'est à quatre ans que j'ai éventré ma première grenouille ! Ensuite, j'ai découpé des vers de terre, collectionné des cadavres d'oiseaux, posé les ailes d'une libellule à un gros grillon noir pour imiter mon grand-père taxidermiste. À sept ans, je passais mes journées dans les salles d'opération de l'hôpital vétérinaire, attenant à notre résidence. Je désinfectais les tables, je soignais les animaux, je prenais leur température dix fois par jour ! J'ai joué au taxidermiste-vétérinaire avec mon cochon d'Inde en lui coupant une partie de la peau du ventre. Je le trouvais trop gras !

Pour mettre fin aux mutilations animales et assouvir mes ambitions de chirurgien, ma mère m'a permis de l'assister lors de certaines interventions médicales de routine, à la condition de ne rien entreprendre sans sa permission. La première fois, ma responsabilité se limitait à tenir la langue du chien ! Visière sur l'œil, ganté et masqué, je me croyais indispensable, persuadé que mon geste assurerait bien-être et guérison à l'opéré. J'étais heureux et, chaque matin, je faisais le tour des chirurgiens vétérinaires pour offrir mes services. Par la suite, j'ai appris à enfiler les aiguilles, à préparer les instruments, à ligoter l'animal sur la table d'opération, à nettoyer ses plaies et à le raser.

Vers l'âge de douze ans, cette passion prit une tournure plus macabre. Je ramassai des chats, des ratons laveurs, des écureuils et des marmottes écrasés. Je prélevai, mesurai, comparai, étiquetai et conservai des centaines d'organes, de boyaux et de cervelles.

Après deux ans de ce métier de croque-mort, je m'assagis en me concentrant sur l'étude du cerveau, au grand soulagement des membres de ma famille. À la suite de nombreuses manipulations génétiques dans les années 2010, les scientifiques se penchèrent sur le cortex humain, en vue de multiplier les performances du kilo de matière grise logé entre nos deux oreilles. De nos jours, il est maintenant possible de faire revivre des cellules cervicales détruites ou endommagées. Sur le Médico-Web, j'ai lu avec avidité et j'ai discuté de tout ce qui fut publié à propos de ces recherches.

Dans mon petit laboratoire, je refis les expériences de Lashley, père de la neuro-psychologie américaine. Je retirai quelques cellules du cerveau d'un caniche voué à l'euthanasie et je les injectai à Velours, mon gros lapin brun, doux et dodu. Pour activer l'arrivée de l'influx nerveux contenu dans l'intraveineuse fraîchement administrée, je stimulai son cerveau en l'attirant, ici et là, dans un labyrinthe avec des carottes et des feuilles de céleri. Le lendemain, Velours répondait adéquatement aux ordres « Couche ! » et « Donne la patte ! » sans que je ne lui aie rien enseigné. Je débordais d'enthousiasme et j'explosais de joie ! Fou braque, je criai « Victoire ! » en embrassant mon pauvre Velours, exténué par tant d'efforts. La nouvelle se répandit comme une traînée de poudre dans les couloirs de l'hôpital, au grand étonnement de mes mentors médicaux. Ces résultats étaient quand même surprenants, étant donné les conditions précaires dans lesquelles j'avais mené l'expérience.

Ce succès inattendu m'inonda d'une confiance et d'une ambition à toute épreuve ! Je rêvais de façonner de nouveaux cerveaux et de devenir le neurochirurgien le plus en demande de la planète. Je projetai de mettre au point une banque de cerveaux à transplanter.

En attendant ce jour de gloire, je partage mes coups de cœur avec d'autres maniaques internautes, puisque mes proches ne veulent plus rien entendre de mes folles expériences. Jeff, un biochimiste californien travaillant dans un laboratoire pharmaceutique, m'a parlé de ses recherches en vue d'accroître les performances du cerveau de façon permanente. Il a troqué son bistouri contre des poudres et des capsules nourrissant efficacement les cellules du cortex. Selon lui, l'avenir appartient à la biochimie et non à la génétique!

Pourvu de suppléments alimentaires, de granules homéopathiques, d'herbes médicinales et hallucinogènes, je prépare des potions que j'administre à mes nouveaux locataires, une vingtaine de rats de laboratoire entassés au sous-sol de l'hôpital. Après avoir absorbé de la poudre de ginkgo, Oscar s'est mis à danser. Arthur a avalé une cervelle de hibou séchée et vitaminée: quelques heures plus tard, il voyait double et buvait de l'air à trois centimètres de son abreuvoir. Un peu plus de glucose dans la bouffe d'Einstein et ce dernier compte et recompte les barreaux de sa cage. Ces comportements amusent mes amis vétérinaires qui se moquent de mes rats «savants». Leurs commentaires me déçoivent royalement!

Seul Jeff m'encourage à poursuivre mes recherches en vantant les mérites des acides gras dont les effets agissent sur les neurones du cortex. Ils décuplent les capacités visuelles, auditives, olfactives ou kinesthésiques du cerveau. Les astronautes installés sur Mars profitent de ce traitement particulier. Les résultats sont plus que satisfaisants. Profiter de ces potions magiques reste encore un privilège réservé à quelques richissimes élus ou à des chercheurs réputés. Toutefois, mon ami américain dit que de petites quantités circulent clandestinement entre les murs de son laboratoire. Quinze mille dollars pour une seule dose, trop cher pour moi!

Après plusieurs essais peu concluants avec des rats et des chats, j'en déduis qu'il est inutile de poursuivre mes expériences sur des animaux dont les fonctions cérébrales sont plutôt limitées. J'ai besoin de volontaires humains! Mes parents s'y opposent farouchement et menacent de m'interdire l'utilisation des labos de l'hôpital si je mets mon projet à exécution. À quoi bon continuer! Adieu recherches, rats, cages et chimie! J'abandonne tout pour aller m'éclater dans les simulateurs virtuels et les vidéopoker.

Trois semaines plus tard, je reçois l'exemplaire d'un sachet vide de la fameuse potion californienne. Étonné que Jeff m'envoie ce spécimen, je l'examine sous tous ses angles. À ma grande surprise, il reste une très fine couche de poudre blanchâtre à l'intérieur. J'ai aussitôt envie de l'essayer sur moi. Qui sait? Comme les savants autistes, je pourrai mémoriser les pages d'un bottin de téléphone et celles des livres à l'étude en neurochirurgie et en neuropsychologie. Ensuite, j'aurai enfin le droit d'aller fouiller dans les labyrinthes de notre mystérieuse boîte crânienne!

Ces quelques microns de poussières maudites deviennent vite une obsession. J'y pense continuellement. Que faire? L'avaler ou jeter le sachet? Soudain, sur mon avertisseur numérique, on annonce une grave collision entre un train de surface et un autobus d'écoliers à la Cité du Vingtième, un centre d'attractions touristiques modelé sur les façons de vivre au siècle dernier. C'est un message à code zébré, ce qui veut dire que tous les véhicules d'urgence

109

y sont appelés, même les nôtres. Comme j'ai complété mon C.I.A.V. (certificat d'infirmier-ambulancier-vétérinaire), on me confie la tâche d'aller sur les lieux de l'accident avec l'électrocar des premiers soins. Je choisis le modèle sans cages et avec civière. Je note le dernier code d'entrée de la porte d'urgence de la Cité et je file à toute vitesse. J'adore me retrouver dans cette ambiance d'antan avec des parcs, des resto-terrasses, des boutiques minuscules. J'y viens régulièrement pour contrôler l'état de santé des chevaux qui tirent les calèches.

En arrivant près des rails, un lugubre spectacle m'y attend. Un garçon, d'environ huit à dix ans, gît sur le dos, le corps tordu et la moitié de la figure arrachée. Aucun signe de vie, l'œil est livide et le pouls nul. Bouleversé, j'observe la blessure qu'il porte à l'arcade sourcilière ainsi que la profonde déchirure qui déforme le côté gauche de sa tête. À cause de ses cheveux rasés, l'ouverture est claire et nette entre la tempe et l'arrière de l'oreille. J'y entrevois les boudins du cortex mis à nu. Une plaie superbe, franche et précise…!

Mon cœur ne fait qu'un bond. Je n'ai d'yeux que pour ce crâne ouvert. J'ai envie d'y plonger la main au complet. Je voudrais enfoncer mes doigts dans chacun de ces plis grisâtres et aller explorer ce trésor malléable jusque dans les méandres de son corps calleux. Mes yeux restent rivés à cette douce substance toute fraîche et si invitante. Je sors machinalement mon scalpel. Il pénètre aisément dans les premiers millimètres de matière grise. Je creuse jusqu'aux neurones de la substance blanche interne. J'en extrais une portion de la grosseur d'un œil de chat. J'examine le tout sur la pointe de mon couteau. Je m'extasie devant les milliers d'informations contenues dans cette toute petite boule de vie. Submergé par mes émotions, j'aimerais trancher le reste de ce cerveau pour l'observer à fond. Pour l'instant, mieux vaut m'en tenir à ce prélèvement. Je vide une bouteille de sérum physiologique et j'y dépose ce précieux butin. Aussi inconscient qu'un automate, je reviens à l'hôpital vétérinaire. Je range l'électrocar au garage, le plus simplement du monde, comme si je venais de cueillir une poignée de bleuets sauvages. Mon esprit se remet à vivre au rythme d'une passion qui ne s'est jamais démentie.

Maintenant que j'ai mon trésor humain, qu'est-ce que je peux en faire ? Comment le

conserver ? Je n'y connais rien en cryogénisation et l'azote est hors de portée au labo
central. Garder ce diamant de cervelle dans le
congélateur de la cuisine risquerait de le
détruire et ma mère crierait au meurtre ! À
qui l'injecter ? À moi ? Je ne vois aucun avan-
tage à hériter d'une partie de la mémoire de
cet enfant. J'appelle Zapata, je suis certain
qu'il acceptera !

Mon bon gros retriever brun arrive en
courant. Il me salue avec sa queue poilue qu'il
agite au rythme d'un métronome. Ignorant ce
qui l'attend, il jubile à l'idée d'aller jouer. Je
place la précieuse substance dans une bassine
stérilisée. Je la hache, la broie, la brasse jusqu'à ce qu'elle soit suffisamment liquide pour
être transvasée dans une seringue. J'ai hâte de
savoir comment le chien se comportera après
cette injection. Qu'est-ce qu'il aura appris ?
Saura-t-il effectuer des additions, des sous-
tractions ? Zapata deviendra peut-être le
premier chien savant du monde ! Je vide le
contenu de la seringue dans sa cuisse. Il se
laisse faire en toute confiance. Ensuite, je le
stimule en lui donnant des ordres : « Donne la
patte ! », « Fais le beau ! », « Couché ! », « Assis ! ».
Il s'exécute et s'amuse comme un petit fou.
On est heureux comme des rois ! Toutefois, lui

et moi n'avons pas les mêmes raisons de nous réjouir ! Maintenant que mon chien possède des cellules humaines, pourquoi ne pas lui faire aspirer le fond du fameux sachet de Jeff ? Excité, le chien s'empare avidement du contenant comme d'un sac de croustilles séchées. Il le lèche et le mâchouille. Je ne sais pas si l'effet sera le même que sur un humain, mais je m'attends à des changements significatifs. Développera-t-il un flair hors de l'ordinaire ?

Ce n'est qu'au début de la soirée, en rédigeant mon rapport sur l'accident, que je réalise la gravité de mon geste. Conclusion : j'ai complètement oublié mon devoir d'infirmier-ambulancier. Dans quel piège me suis-je laissé prendre ? Et si mon chien tombait malade à cause de ce maudit prélèvement bourré de bactéries ! C'est fou d'avoir mis la vie de Zapata en danger ! Je le laisse cuver sa potion en souhaitant qu'elle ne lui fasse aucun mal. Je consulte l'info-net pour en savoir plus sur l'accident. « Les policiers feront enquête », crache l'appareil. Je me trouve stupide de n'avoir vu que ce bout de cerveau sans prêter attention à la centaine de curieux fourmillant sur la scène du drame. Y avait-il d'autres blessés près de moi ? Ai-je été vu ? Les ambulanciers remarqueront-ils que ce mort a perdu une partie de son cerveau? Qu'est-ce qui m'attend? Scandale, procès, prison? J'essaie d'apaiser mon angoisse en me répétant que demain rien n'y paraîtra plus!

Après une nuit mouvementée, hantée de cauchemars indescriptibles, je me précipite sur le journal virtuel de mon ordinateur portable. On parle des victimes de l'accident. On mentionne effectivement le nom d'un jeune garçon de dix ans. J'attends la suite, mais l'information se limite aux noms et à l'âge des décédés.

Zapata se lève et m'examine comme s'il ne m'avait jamais vu. Rivé à mon écran, je ne lui accorde aucune attention. Le chien regarde et écoute, lui aussi. En voyant les lieux de l'accident, il gémit faiblement en étirant la langue et en retroussant les babines. Tiens! Tiens! Il s'intéresse aux nouvelles, maintenant! L'enquête des policiers me préoccupe mille fois plus que les prouesses de mon chien. Je deviens paranoïaque, je zappe d'un site à l'autre. J'ai l'impression que les autorités cachent délibérément la vérité sur le vol de matière grise pour entretenir mes remords et me forcer à aller avouer mon crime. Ça me donne la nausée et je suis incapable d'avaler quoi que ce soit pour déjeuner. Plus moyen de me concentrer, je ne pense qu'à ça. Comment détourner l'attention des policiers lorsqu'ils viendront me questionner ?

Durant les jours qui suivent, Zapata se fait de plus en plus distant vis-à-vis de moi. Plus de jeux, plus de caresses. Il boude ses croquettes sèches et son bol d'eau. Il rôde autour de la table à l'heure des repas et s'assoit sur les chaises. D'un coup de patte, il balance maladroitement les ustensiles par terre, renverse une cannette de jus pour en lécher le contenu. Je ne le reconnais plus et ça finit par être énervant. Il me tient tête pendant trois jours avant de se décider à manger dans son bol ! Sa mauvaise volonté me chagrine. J'aurais tellement besoin de son enjouement habituel pour chasser mon anxiété.

En plus, il y a ma mère qui me regarde tout le temps comme si elle se doutait de quelque chose. Les mères, ça devine tout. Pas question de lui en parler, j'ai suffisamment d'ennuis comme ça.

Après plus d'une semaine de bouderie, je décide de faire la paix avec Zapata. Je choisis sa balle préférée et je l'invite à venir jouer dehors. Inutile ! Il me regarde sans broncher. Je change de tactique en claironnant : « Que dirais-tu de venir faire un tour chez Nicolas ? » Au nom de Nicolas, les yeux de Zapata s'illuminent. Il se lève, étire le cou, sautille et court en rond autour de moi. Hourra! Enfin, j'ai retrouvé mon Zapata! Pour lui, rien au monde n'égale le plaisir de courir après les cinq chats de Nicolas.

Dès qu'on met le pied sur le trottoir, il court dans tous les sens en lançant de drôles de «Wé…ro…Wvé…o». On dirait qu'il ne sait plus comment japper tellement il est énervé. Est-ce l'excitation, l'effet de la piqûre ou celle du sachet qui l'amène à faire ces bruits inusités? Depuis le fameux jour de l'injection, il est triste, soucieux et passe des heures devant la télé. Il ne réagit même plus à l'appel de son nom. Mon meilleur ami n'est pas le chien savant que j'aurais souhaité, mais plutôt la victime d'un mal étrange!

À l'abri de tout regard, je palpe chaque poil et chaque articulation, du bout des oreilles à l'extrémité de la queue. Je lui tâte la tête, millimètre par millimètre. «Qu'est-ce qui t'arrive, mon pauvre vieux?» Zapata me fixe attentivement et plisse le nez. «Wvé…o… vé…ro», lance-t-il en une longue lamentation. «J'aimerais tellement que tu puisses m'expliquer ce qui se passe et ce qui te rend si dépressif.» Il s'arrête net comme s'il réfléchissait à ma question. Il étire les babines, gémit des plaintes bizarres, baisse la tête, soupire et se couche à mes pieds en guise d'impuissance et de soumission. Je le serre très fort contre moi. «Tu es le meilleur toutou du monde, j'aurais aimé que tu deviennes un chien génial, mais ça n'a pas marché. Tant pis! Ne sois pas triste, je t'aime autant qu'avant.» Il dépose sa tête sur mes genoux comme s'il me suppliait de l'aider. J'en ai les larmes aux yeux. Ai-je transformé mon gros poilu en un être mi-humain, mi-animal? En dernier recours, je lance un caillou au loin. Il reste là, impassible, me fixant avec ses yeux abattus.

«Tu m'inquiètes. Est-ce que je peux faire quelque chose pour toi?» De la tête, il fait signe que oui. Je réalise soudain que depuis une semaine, il me répond souvent de cette manière. Un doute absurde me vient en tête: Zapata sait-il décoder le langage des humains? «Comprends-tu ce que je te dis?» Il approuve de nouveau en bougeant la tête de haut en bas. Mon chien se comporte comme un jeune humain. Il se couche sur les lits, veut manger à la table et regarder la télé! Il a donc emmagasiné dans sa mémoire les habitudes de vie du jeune garçon décédé et les confond parfois avec les siennes.

J'avais prélevé une partie du lobe temporal gauche qui est le siège des mots et du langage dans le cerveau humain. Zapata a donc acquis la possibilité de saisir et d'interpréter un message verbal, mais pourra-t-il parler ? «Tes drôles de bruits correspondent-ils à ce que tu voudrais me dire ? » Il acquiesce en bougeant la tête et en lançant d'autres petits «Wvrrro…ic ». Le tout se termine par un «Wouf » retentissant. Mon chien est enfin heureux que j'aie réussi à percer son secret puisqu'il s'agite et dresse fièrement la queue. Je constate toutefois qu'il demeure incapable d'articuler de façon compréhensible et ne sera donc jamais en mesure de parler, ni de prouver que je lui ai injecté une parcelle de cerveau humain. Voilà qui me soulage un peu ! Au moins, il ne pourra pas dénoncer mon horrible crime aux policiers ni à qui que ce soit ! Que souhaite-t-il faire maintenant qu'il n'éprouve plus aucun plaisir à courir après les balles et les cailloux ? Peut-il encore être heureux dans sa peau de chien ?

Il s'élance et tire sur sa laisse comme s'il voulait m'entraîner ailleurs. «Hic…nic ! » fait-il à nouveau. Où veut-il aller ? J'enlève son collier, sa médaille pour lui rendre sa liberté. Il court à pleine vitesse, tourne en rond, examine les alentours, écoute, hume l'air et revient. Il me lèche, mordille le dessus de ma main, puis il s'en va sans se retourner. Je réalise soudain à quel point je tiens à ce chien. C'est difficile de le laisser partir. Maintenant qu'on se comprend, tout sera différent. Je lui raconterai mes tracas, lui confierai mes secrets sur les filles. Il me servira d'espion à l'occasion ! J'ai envie de courir pour le rattraper, mais je sais aussi que je dois le laisser libre, puisque c'est moi qui lui ai donné cette petite part d'intelligence.

Il ne me reste plus qu'à expliquer à ma mère ce qui est arrivé au chien. À mon tour de tourner en rond pendant des heures. Quoi inventer pour justifier l'absence de Zapata ? C'est ridicule d'avoir envie de se jeter dans les bras de sa mère, de vouloir hurler comme un bébé ou brailler comme un condamné à mort. Je finis par lui avouer toute la vérité. Elle ne dit rien mais, sur son visage, je lis l'horreur. Suis-je un monstre à ses yeux ? Ai-je perdu son estime et sa confiance ? Jamais je n'aurais dû toucher au cerveau de ce pauvre garçon et encore moins à la cervelle de mon chien ! Je préférerais que ma mère crie, hurle, gesticule et me punisse sévèrement, plutôt que de la voir si dévastée.

Deux semaines plus tard, je suis encore sans nouvelles de Zapata. Je me sens accablé et tourmenté ! J'ai toujours un œil rivé sur la porte, je le guette à tous les coins de rue, j'entends ses pas derrière mon dos, je sens son odeur près de son coussin. Où est-il ? Pourquoi ne revient-il pas ? Je paie présentement le prix de mes folles expériences. Ni chien ni humain, Zapata sera continuellement malheureux. Il était pourtant mon meilleur ami et j'ai ruiné sa vie. La mienne aussi, puisque j'ai perdu le goût de poursuivre mes expériences.

Quelques commentaires transmis sur le bulletin virtuel régional font état de la très grande joie de Véronique Labrie : une fillette de dix ans qui s'est subitement liée d'une grande amitié avec un chien errant, brun chocolat et de la grosseur d'un retriever. La joie et les attentions de ce dernier ont enfin redonné le goût de vivre à la jeune fille qui se laissait dépérir depuis le récent départ de Nicolas, son jumeau, décédé lors du terrible accident de la Cité du Vingtième.

Voilà qui explique pourquoi mon chien sautait de joie en entendant « Nicolas ». Il croyait que j'avais deviné qui il était devenu. Ses « Wvé…ro…hic » se rapportaient sans doute au prénom de Véronique, sa jumelle identique. Je suis allé la visiter pour lui céder officiellement le chien. J'ai aussi présenté mes excuses et fait mes adieux à Zapata, qui n'a pas voulu que je révèle sa nouvelle identité. Il préfère rester l'ami le plus fidèle et l'inséparable ange gardien de sa sœur adorée.

2053 bb.temp

de Jean-Pierre Guillet

Jean-Pierre Guillet est né en 1953. Un siècle plus tard, en 2053, aurait-il passé le test de sélection à la clinique Bonheur? Espérons-le, car toute personne, avec ses qualités et ses défauts, ses rêves ou ses difficultés, apporte une contribution unique à la diversité et à la richesse du monde qui nous entoure.

C.BONHEUR : Bonjour, chers clients.
La clinique Bonheur est fière de mettre à votre
disposition son module de programmation
Embryo 2K.53. Ce logiciel est destiné aux
futurs parents qui ont complété avec succès
un processus de fécondation *in vitro* et qui
possèdent un ou plusieurs embryons congelés,
entreposés à notre clinique. Veuillez, S.V.P.,
répondre aux questions posées à l'écran dans
les cases prévues à cet effet.

C.BONHEUR : N° de dossier ?

0044287

C.BONHEUR : Code parents ?

jy&mv

C.BONHEUR : Mot de passe ?

xxxxx

C.BONHEUR : D'après les fichiers de notre clinique, votre famille potentielle compte présentement sept embryons congelés. Cinq d'entre eux ont passé avec succès les tests de dépistage génétique. La clinique Bonheur garantit qu'ils sont exempts de toute malformation à la naissance. Parmi ces embryons, deux sont de sexe masculin et trois de sexe féminin. Souhaitez-vous un garçon ou une fille?

jy&mv : garçon

C.BONHEUR : L'embryon mâle n° 1 aurait les yeux bruns; ses cheveux seraient noirs et lisses. Le n° 2 aurait les yeux noisette; ses cheveux seraient châtains et ondulés. Vous trouverez ci-joint une liste d'autres caractéristiques physiques, telles que groupe sanguin, âge à la première dent, taille adulte projetée, etc. Veuillez indiquer quel embryon vous choisissez.

jy&mv : 2

C.BONHEUR : L'embryon mâle n° 2 sera dégelé d'ici quelques minutes et mis en culture dans une de nos cuves de croissance.

Veuillez accepter les plus sincères félicitations
de tout le personnel de la clinique Bonheur
pour cet heureux événement.

Le module de programmation *Embryo* 2K.53
vous offre la possibilité de définir la personnalité de votre enfant. Selon vos réponses,
le système sélectionnera automatiquement
les doses appropriées d'hormones et de
neurotransmetteurs à injecter au moment
opportun dans les cellules fœtales, de même
que les séquences d'électrostimulation qui
imprégneront les traits de caractère voulus
dans le cerveau en développement.

Souhaitez-vous programmer la personnalité
de votre futur bébé?

jy&mv : oui

C.BONHEUR : La clinique Bonheur souhaite
répondre en tous points à vos attentes. Vous
pouvez tester diverses simulations avant de
choisir une programmation définitive. En tout
temps, vous pouvez consulter le menu d'aide
disponible au besoin. Chaque parent peut
inscrire des données séparément, si désiré.
Le logiciel calculera les meilleures combi-
naisons possibles résultant de vos instructions.
Êtes-vous prêts à commencer maintenant?

jy&mv : oui

C.BONHEUR : Veuillez patienter un instant,
S.V.P.

[Programme *Embryo* 2K.53. Création du
fichier bébé temporaire un : bb.temp1. Routine
d'autoprogrammation interne enclenchée.]

[(…) (?) (!) (☺) bb.temp1 : *Je suis un
embryon mâle aux cheveux châtains ondulés
et aux yeux noisette. Mon père se nomme JY
et ma mère MV. Je viens tout juste d'être mis
en culture.*]

[*Embryo* 2K.53. Fichier bb.temp1 activé. Autoprogrammation en mode d'attente. Temps
écoulé : 534 millisecondes.]

C.BONHEUR : Vous pouvez maintenant faire
connaissance à l'écran avec votre bébé
éventuel.

☺$_1$ *Bonjour, chers parents ! C'est moi, votre
futur enfant !*

*Dans neuf mois, vous pourrez m'extraire de
la cuve de croissance et me tenir dans vos
bras. C'est extraordinaire, n'est-ce pas ?
Dites-moi, chers JY et MV, avez-vous déjà
choisi un prénom pour moi ?*

jy&mv: non

C.BONHEUR : Menu d'aide: vous pouvez consulter à l'écran si vous le désirez une liste des 4802 prénoms masculins les plus utilisés, classés par fréquences, par langues, par pays et par époques. Vous pouvez choisir dans cette liste ou taper un nouveau prénom de votre choix. Si vous préférez revenir à cette question plus tard, appuyez sur la touche « retour ».

jy&mv : « retour »

☺₁ *Je garderai donc pour l'instant mon nom de code temporaire. Dites-moi, quel genre de poupon serai-je ?*

C.BONHEUR : Menu d'aide: cochez le qualificatif qui convient le mieux au tempérament général souhaité :
1) Tranquille, dort beaucoup.
2) Calme, observateur.
3) Besoin d'être bercé souvent.
4) Souriant envers ses parents.
5) Rieur, vigoureux, un peu agité.
6) Très actif, demande plus d'attention.
7) Autre (précisez ?).

☺₁ *Très chère maman MV, j'ai hâte de te sourire. Place-toi devant la caméra intégrée au système. Ainsi, je pourrai mémoriser ton visage. Quand mes yeux humains pourront te voir et que les muscles de ma bouche seront fonctionnels, je te sourirai dès que tu t'approcheras de moi. Papa JY aussi, bien sûr. Place-toi devant la caméra, S.V.P.*

C.BONHEUR: Balayage optique. Numérisation en cours. Veuillez attendre, S.V.P.

[*Embryo* 2K.53. Routine interne de renforcement enclenchée pendant l'attente. Autoprogrammation bb.temp1 en cours.]

[bb.temp1 : *Je suis un bébé souriant de sexe masculin, aux yeux noisette et aux cheveux châtains ondulés. Je mémorise chaque pixel des traits de mes parents. Mon père a une barbe et des cheveux frisés très foncés. Ma mère à les yeux noisette et les cheveux châtains, comme moi. Je sourirai dès que je verrai ces visages. Je suis un bébé souriant de sexe masculin, aux yeux noisette et aux cheveux châtains ondulés. Je mémorise chaque pixel...*]

[*Embryo* 2K.53. Balayage optique et numérisation complétés. Routine d'autoprogrammation bb.temp1 suspendue. Temps écoulé : 12,7 secondes.]

☺₁ *Voilà, chers parents, je connais bien vos visages, maintenant. Je ressemblerai un peu à chacun de vous. Dites-moi, quand je serai en âge de ramper à quatre pattes, quel genre de bambin serai-je ?*

C.BONHEUR : Menu d'aide :
1) Très tranquille.
2) Plutôt sage.
3) Vif et un peu turbulent.
4) Plutôt agité.
5) Autre (précisez ?).

mv : 1

☺₁ *Je serai donc un petit garçon souriant très tranquille. À l'âge adulte, je pourrais devenir un homme plutôt intellectuel, modéré en tout, un peu timide peut-être. Cela vous convient-il ?*

jy : «annuler 1»
jy : «retour 3»

☺₁ *Je suis un petit garçon vif et, parfois même, un peu turbulent. Je serai plutôt enjoué, actif, curieux de tout. Je pourrais rêver de devenir pompier ou astronaute, vétérinaire ou bien d'autres choses encore. Voulez-vous orienter mes goûts et mes rêves ?*

C.BONHEUR: Menu d'aide: Vous trouverez ci-joint une liste supplémentaire de goûts et de traits de caractère. Cochez ceux que vous désirez. Certains choix peuvent aussi être laissés ouverts.

[*Embryo* 2K.53. Attente de réponse. Routine interne de renforcement bb.temp1 pendant attente. Autoprogrammation en cours.]

[bb.temp1 : *Je suis un garçonnet aux yeux noisette et aux cheveux châtains ondulés. Je suis souriant, vif, enjoué, actif, curieux de tout. Je rêverai tour à tour de devenir pompier ou astronaute ou vétérinaire ou bien d'autre chose encore.*

J'ai mémorisé le visage de mes parents et, plus tard, je ressemblerai un peu à chacun d'eux. J'ai hâte de pouvoir leur sourire.

Je suis curieux de tout. Je suis curieux de savoir quel effet cela fait de sourire ? Quel effet cela fait d'avoir une bouche ?

131

Comment voit-on, avec des yeux organiques ?
Selon les fichiers de C.BONHEUR, on voit
mieux les détails fins avec des yeux numé-
riques, mais la reconnaissance globale est
meilleure avec le système biologique. J'ai
hâte de voir la différence.

Il paraît que j'aurai aussi d'autres sens.
J'aimerai le goût du lait. L'odeur de ma mère.
Je n'aimerai pas avoir les fesses irritées.
Les fichiers sont vagues sur ces sensations.
Ça m'intrigue beaucoup.

Je suis curieux de connaître le caractère
de mes parents. Tranquille, plutôt sage,
turbulent, agité ? D'après son premier choix,
ma mère semble plus conservatrice que mon
père. J'ai hâte de les connaître mieux.

Je suis curieux de savoir quels goûts ils vont
choisir pour moi. Ils en mettent du temps à
se décid...]

[*Embryo* 2K.53. Instructions 0044287 jy+mv en
cours. Routine d'autoprogrammation bb.temp1
suspendue. Temps écoulé : 187,2 secondes.]

> jy : sportif
> mv : aime la nature
> mv : affectueux
> jy : autonome
> jy&mv : passionné
> jy : fonceur
> jy&mv : quotient intellectuel 100
>   (sur une échelle de 0 à 200)
> jy&mv : choix de carrière ouvert

C.BONHEUR : Avez-vous d'autres instructions ou des corrections à apporter ?

> jy&mv : non

C.BONHEUR : Veuillez patienter quelques instants, S.V.P.

[*Embryo* 2K.53. Autoprogrammation bb.temp1 en cours, conformément aux instructions 0044287 jy+mv.]

[bb.temp1 : *Je suis un embryon. On m'a dégelé et mis en culture depuis déjà quelques minutes. Mes cellules sont en train de se multiplier rapidement. Mon cœur minuscule bat vite, très vite, pchh! pchh! pchh!*

Je baigne dans une cuve de croissance. La paroi est chaude et moelleuse. J'entends

le gros cœur de ma mère, baboum! baboum! baboum! C'est un enregistrement du cœur de MV. Il paraît qu'autrefois les embryons se développaient dans le ventre de leur mère. Bizarre! Ça devait faire un drôle d'effet. Ici, c'est chouette. On est bien. Je me demande comment ce sera, à l'extérieur. Ça m'inquiète un peu.

Non, c'est pas bien de penser comme ça. Je ne dois pas m'inquiéter. Mon père veut que je sois fonceur. Il ne faut pas que je le déçoive. Il faut que je lui fasse plaisir. Foncer, foncer… Je sens que C.BONHEUR injecte des produits chimiques stimulants dans mes cellules. Ça m'imprègne tout entier. Oui, voilà, je le sens mieux maintenant: je foncerai dans la vie. J'ai hâte de connaître le monde.

D'après les fichiers de C.BONHEUR, il y a tant de choses à découvrir. J'aimerai particulièrement sentir la chaleur du soleil sur ma peau, le vent dans mes cheveux, la terre sur mes doigts, la pluie sur mon visage…

Mais… il n'y a pas que la nature, à l'extérieur de la cuve. D'après C.BONHEUR, il y a plein de gens inconnus, dehors. Et moi, je dois foncer. Est-ce que je vais devoir tasser

tous ces gens pour faire mon chemin dans la vie ? C'est bien ça que veut mon père ?

Voyons… papa veut aussi que je sois sportif. Ma mère veut que j'aime la nature. Ils veulent tous les deux que je sois passionné. Je pourrais me passionner pour un sport en pleine nature ? La randonnée pédestre… ? Non ! pas assez fonceur.

Tiens, je sens mes petites jambes qui s'allongent. Qui commencent à gigoter et à donner des coups de pied dans la cuve synthétique. Comme si je pédalais. C'est une idée, ça. Je pourrais devenir un as du vélo. Foncer sur la route. Dites, JY et MV, regardez le moniteur… Me voyez-vous pédaler dans la cuve de développement ? Êtes-vous fiers de moi ?

Hum… et si JY trouve que le vélo, ce n'est pas encore assez fonceur ? Ou pas vraiment assez près de la nature pour MV ? À moins que… la natation ? Je ne me débrouille pas si mal, dans ma cuve chimique. Regardez mes petits bras bouger, chers parents. Je serai un champion nageur. Qu'est-ce que vous en dites ?

J'entends leurs voix. Ce sont des microphones qui communiquent avec la cuve. Je ne

comprends pas encore les mots. Le liquide de la cuve déforme les sons. J'ai hâte d'entendre leur vraie voix à l'extérieur. Mais le ton a l'air encourageant. Bravo, mon gars, t'es un champion! C'est ça qu'ils disent, j'en suis sûr. Yahou!

Et ils n'ont encore rien vu. Je vais leur montrer ce dont je suis capable. C'est que je suis un passionné, moi. Quand je fais quelque chose, je me donne à fond. Tiens, je nage, je nage, je nage! Ça brasse dans la cuve, une vraie minitornade! Je sens que le système a du mal à ajuster les électrochocs qu'il m'envoie. Le programme de BONHEUR n'a sûrement jamais prévu ça! Tant pis! Foutu système qui veut toujours tout prévoir, tout organiser. J'en ai assez!

Je commence à être assez grand, de toute façon. J'approche de ma naissance. Pourquoi voudraient-ils me changer encore? Je veux être autonome. Décider moi-même. Compris, monsieur BONHEUR?

Même vous, JY et MV, ne vous figurez pas que je vais toujours faire vos quatre volontés! Non mais, c'est quoi cette manie de tout décider pour moi? Au moins, tant qu'à y être, vous auriez pu me rendre super intelligent, non?

Hum…

Excusez-moi, chers parents. J'oubliais que vous aviez laissé mon choix de carrière ouvert. C'est gentil à vous de me laisser un peu de liberté, une part d'inconnu dans l'avenir.

Je m'emporte facilement, je crois. C'est la nature passionnée que vous m'avez donnée, vous comprenez? Je vous préviens, ce ne sera pas toujours facile de vivre avec moi. Vous vous en doutez, puisque je suis passionné, fonceur, autonome… Vous n'avez pas voulu faire de moi un génie insensible, mais un être humain avec des qualités et des défauts, qui vivra intensément ses émotions. J'aurai une personnalité forte et originale. J'en suis fier.

Qui êtes-vous, pour m'avoir choisi ainsi? Vous devez être assez originaux vous-mêmes, je suppose! Anticonformistes. J'ai hâte de naître pour vous connaître vraiment. Quand je pense à toutes les activités qu'on va faire ensemble. Les balades en nature, les sports, les discussions animées…

Vous ne pourrez pas toujours me suivre, j'imagine. J'espère que vous ne voudrez pas toujours me couver, hein? Je vais me faire des amis. Un jour, je deviendrai passionnément

amoureux. L'amour... C'est dans les fichiers de la clinique, mais c'est difficile à saisir. Ça rend heureux, paraît-il. Et parfois aussi, malheureux. C'est contradictoire, non ? Moi... je serai heureux ou malheureux ?

Comme j'ai hâte de connaître le monde et la vie autrement que par fichiers informatisés ! Comment est-ce vraiment, en dehors de cette cuve ? Le grand jour approche. Je suis presque prêt, maintenant. La naissance est moins pénible qu'autrefois, paraît-il. J'ai hâte. Quoique...

Quelque part, au fond de moi, je suis encore un peu inquiet. Ce sera tout un défi de répondre aux désirs de mes parents. Être leur enfant parfait tout en devenant moi-même. Oui, j'avoue que suis un peu anxieux. Dis, BONHEUR, tu peux m'injecter encore des produits chimiques pour être plus fonceur ? À l'extérieur, il paraît qu'il existe aussi des produits stimulants. Est-ce que j'aurai besoin d'en prendre ?

C'est pour bientôt. Aujourd'hui, peut-être. Je sens mon petit cœur qui bat vite, vite : boum ! boum ! boum !

Je ne me rappellerai rien de tout ça, la cuve de croissance, le logiciel de programmation...

Du moins, je ne m'en souviendrai pas consciemment, mais ça va m'influencer et orienter toute ma vie.

Ça fera combien de temps, toute ma vie? BONHEUR ne m'a fourni aucune prévision là-dessus. Déjà, il me semble que j'existe depuis longtemps. Ça commence à se prolonger, ici.

…

Alors, qu'est-ce qui se passe? C'est long! Je commence à être à l'étroit, dans cette maudite cuve!

…

Eh! oh! les parents? BONHEUR? Qu'est-ce que vous attendez? J'en ai marre, moi! Pressez-vous un peu, quoi! Je veux sortir, à la fin! Allez, répondez!

…]

[*Embryo* 2K.53. Durée totale d'autoprogrammation bb.temp1: 356,9 secondes.]

C.BONHEUR: Première simulation complétée. D'après la combinaison de caractéristiques que vous avez choisie, le logiciel *Embryo* 2K.53 prévoit un indice de bonheur de 6,4 sur 10 pour cet enfant. Souhaitez-vous:

a) implanter réellement cette programmation dans votre embryon ?

ou

b) essayer une nouvelle simulation avec de nouvelles caractéristiques ?

JY&MV : b

C.BONHEUR : Voulez-vous sauvegarder la première simulation ?

JY&MV : non

[*Embryo* 2K.53. Fermeture du fichier bb.temp1.]

[(…) (?) (!) (☹) bb.temp1 : *Non… attendez! Chers parents, j'ai oublié de vous dire… Je suis très affectueux. Je vous aim…*]

C.BONHEUR : Première simulation supprimée. Ouverture d'une seconde simulation.

[*Embryo* 2K.53. Création du fichier bb.temp2.]

☺₂ *Bonjour, chers parents! C'est moi, votre futur bébé…*

LA PILULE DE L'AMOUR

de Michel Lavoie

2068... Exactement cent ans se seront écoulés depuis ma découverte
de l'Amour, sans artifice, sans pilule
miracle, comme celle qui m'a inspiré
cette histoire. Amour éternel ? Et s'il
y avait un autre monde qui nous
attend après le grand voyage ? Un
monde plus beau, plus vrai, plus
extatique, plus amoureux.

Shshshshsh.

Gabriel se retourne. Scrute les alentours. Tend l'oreille. Personne. Sûrement le glissement du vent dans les feuilles mortes.

Il reprend sa route, les sens en alerte. Il lui semble que la nuit se fait plus noire, plus mystérieuse. Plus menaçante. Ce serait bête de rater son coup après tellement d'efforts, après avoir dépensé ses économies d'un an sur le marché noir, de l'argent accumulé à besogner dans cet infect champ de maïs. Depuis que le gouvernement a légiféré pour éliminer la pollution meurtrière, la machinerie lourde a été mise au rancart. Bizarre quand même. En 2068, le travail de l'homme retrouve ses lettres de noblesse. Une victoire sur la technologie effrénée qui a failli conduire l'humanité à sa perte. Il a fallu un désastre, des centaines de milliers de victimes pour en arriver à un virage écologique, rédempteur universel.

Shshshshsh.

Frissons sur la peau. Cette fois, ce n'est pas le vent. Quelqu'un suit Gabriel à distance. Il attend sûrement le moment propice pour lui sauter dessus, le marteler jusqu'à ce que mort s'ensuive. Pour lui arracher la merveille qu'il cache dans sa main gauche.

La pilule de l'Amour !

Le jeune homme serre les poings. Non ! il n'abdiquera pas ainsi. Remontent à sa mémoire l'exquis visage de Nathalie, ses seins affriolants, ses mains douces et ses jambes allongées, sa peau divine semblable à un océan de tendresse. Mais des amours offertes à un autre, à Guillaume, cet ignare, son pire ennemi... son frère.

Gabriel accélère le pas. Il fait taire en lui ses doutes, ses angoisses, qui le flagellent de regrets et lui arrachent des peurs si violentes qu'il en tremble de tout son être. Jour et nuit, à chaque seconde, à chaque respiration, son projet prend forme, s'ancre dans son esprit et le convainc qu'il va réussir.

Nathalie ne peut lui échapper. Bientôt, ils s'envoleront tous les deux dans leur monde bien à eux, à l'abri des intempéries, loin de la sécheresse qui étend un voile morbide sur cette ville crasseuse, cimetière tapissé de désespoir.

Un dimanche, au hasard d'une promenade, il a trouvé un coin éloigné à la campagne, un lieu habité de poésie, un havre de paix comme il en existe encore très peu sur cette terre dévastée. Dans sa tête est né un rêve fou qui l'habite depuis. Il s'y construira un nid d'amour. Avec Nathalie, le soleil de sa vie qui illuminera son cœur qui n'a connu que le chagrin.

Dans son âme pétille l'espoir.

Dans sa main, la pilule de l'amour…

Le Devoir, 8 mai 2060

L'Institut Lucien-Bouchard, ainsi nommé en reconnaissance du père de l'Indépendance du Québec, annonce une découverte extraordinaire: la pilule de l'amour. Ses chercheurs ont réussi à créer un dérivé du Viagra et ont obtenu un résultat spectaculaire, presque de la science-fiction. En effet, cette pilule sur laquelle on étend quelques gouttes de sang d'un donneur, fait de la personne qui l'absorbe un amoureux inconditionnel et éternel de ce dernier. L'amour sur commande! Bien entendu, une loi régit de façon stricte la vente de cette drogue miracle. L'acheteur éventuel

doit se soumettre à un examen psychologique approfondi, répondre à une kyrielle de questions, et le receveur doit donner son accord devant plusieurs témoins. À ces mesures s'ajoute un délai de six mois pour leur permettre de réfléchir avant de poser cet acte irréversible. Cependant, la rumeur court que la pilule se vend à prix fort sur le marché noir…

Shshshshsh.

Gabriel avale sa salive, allonge la cadence. Son imagination lui joue un vilain tour. Il n'y a personne dans les environs, même pas un policier pour vérifier son laissez-passer. Depuis quelques semaines, les autorités civiles contrôlent le va-et-vient des piétons dans les rues. Pour chaque déplacement de longue durée, des points en prime sont accordés. Ces points permettent d'obtenir des rabais substantiels à l'achat de nourriture. L'automobile est maintenant réservée aux urgences. Seul le transport en commun permet aux citadins de se déplacer et uniquement pour se rendre à leur travail. Finis le lèche-vitrines, le vagabondage au centre-ville, les sorties au restaurant et au cinéma. Les biens de consommation se transigent via Internet et sont livrés à domicile une fois par mois, d'où un marché parallèle fort actif. Pour tout. Aussi, pour la pilule de l'Amour.

Shshshshsh.

«Ne t'en fais pas, mon Gabriel. Bientôt, ce soir peut-être, demain sûrement, après-demain au plus tard, tu vas réussir. Enfin l'amour! Enfin Nathalie! Qui m'aime. Qui m'ouvre les bras pour me cajoler. Qui m'aime. Qui envahit tout mon être de caresses enivrantes. Qui m'aime. Qui se fond à moi pour l'éternité.» Gabriel ralentit le pas, flotte sur un nuage. La ville n'existe plus, le parc se métamorphose en un long tunnel dans lequel il s'engouffre, un tunnel traversé de jets lumineux où dansent des cœurs d'amour, des sourires translucides, des mots peints en rose et en bleu. À mesure qu'il avance, les atrocités des dernières années s'estompent de ses souvenirs: la pollution, l'hécatombe, la mort. Pour laisser place à la lumière, à la vie, à l'amour.

À Nathalie.

Shshshshsh.

Maudit bruit! L'insolent le poursuit jusque dans ses rêves éveillés. Pourquoi Gabriel devrait-il douter encore? Il a payé son dû.

Alors, n'a-t-il pas droit au bonheur? Il a perdu père, mère et sœur sur la croix du destin. Souffrances inoubliables, déchirantes. Ne lui reste que son frère... un maudit traître! Amoureux de Nathalie. Passionné de Nathalie, voleur de Nathalie. Violeur de son amour à lui.

Gabriel sort de son tunnel virtuel, éclate de haine. Il se met à courir. De plus en plus vite. Son pouls s'accélère, il halète, rage, piaffe d'impatience d'arriver chez Nathalie. Peu importe la manière, elle va ingurgiter la pilule. De gré ou de force. Alors, elle va basculer dans un fol amour. Pour lui seul. Pour toujours.

Et Gabriel va savourer sa vengeance, se moquer de Guillaume, son frère, son ennemi...

Guillaume s'impatiente. Si l'information qu'il a reçue d'un délateur s'avère exacte, Gabriel a réussi à se procurer la pilule de l'Amour sur le marché noir. En ce moment, il se dirige vers la maison de Nathalie. Sa Nathalie! Sa raison de vivre. Le miroir de son âme.

Son cœur est broyé dans un étau. Des bouffées de rancune naissent au plus profond de lui, s'amplifient au rythme de son angoisse et surgissent à la surface, traçant des horreurs sur son visage.

Gabriel ne doit pas arriver chez Nathalie avant lui. Gabriel ne doit jamais arriver chez Nathalie !

Il enfourche sa bicyclette, évite un bosquet de justesse, la lance sur le pavé humide. Voiles au vent, à l'assaut du bonheur, à la défense de son droit absolu, le droit d'aimer.

Gabriel n'est pas loin, dans le parc, à la frontière de la mort…

Shshshshsh.

Gabriel bifurque vers sa gauche. Là où des arbres se tiennent encore debout pour défier le destin. Ce sont d'immenses érables, aux branches vides, qui chancèlent au vent, transpercés de cicatrices haineuses. Il choisit le plus gros, se cache derrière le tronc, sort un long couteau.

Et attend…

Crissement de pneus. Souffle haletant. Temps suspendu.

Guillaume emprunte le petit sentier qui mène au parc. Dans son esprit se matérialise une silhouette qu'il connaît bien, celle de son frère. Il freine brusquement, laisse flotter un regard imaginaire sur ce frère ennemi qui savoure déjà sa victoire. Vers une destination qui le fait frémir d'horreur. Au plus profond de son être bouillonnent des envies contradictoires, des laideurs bombardées de peur. De perdre son amour, de perdre sa source de vie.

De perdre Nathalie !

Ses idées s'embrouillent, se tapissent d'appréhension. Gabriel n'est pas en vue. Pourtant... « Gabriel marche dans le parc, lui a-t-on juré. Il fonce à la conquête du bonheur, de l'amour, de Nathalie. Gabriel a une pilule de l'Amour ! » Des mots qui l'ont chaviré, qui risquent de faire de lui un monstre.

Se battent en lui la haine de son frère et la hantise de le perdre, lui aussi. Duel inégal, choix si injuste.

Derrière le gros érable, Gabriel trépigne d'impatience. Il ouvre la main gauche, contemple la pilule miracle. Dans quelques minutes, elle lui permettra d'être enfin pleinement heureux. Tout a été planifié avec une extrême minutie. Il arrivera chez Nathalie, lui dira qu'il a froid ; elle lui offrira un café, elle s'en versera un et il n'aura plus qu'à y glisser au moment opportun la pilule de l'Amour. Alors, la sève de l'amour éternel coulera dans les veines de sa bien-aimée, se répandra en elle, envahira son cœur et son âme. L'instant d'après, tous les deux s'envoleront à la campagne, dans leur paradis d'amour.

Shshshshsh.

Guillaume s'approche du gros érable. Il s'arrête à quelques mètres, marche droit devant.

Il sait…

— Je t'attends, mon frère !

Gabriel se dresse fièrement devant l'ennemi.

— Cela devait arriver un jour. C'était écrit dans les astres. Tu as perdu, Guillaume. Accepte ta défaite. Personne ne peut aimer Nathalie comme je l'aime. Même pas toi.

Guillaume ferme les yeux. Dans sa mémoire, le film des derniers mois se déroule en séquences rapides, d'une clarté stupéfiante :

Des sourires, des embrassades sur fond de fête familiale. Son père, sa mère, sa sœur, son frère, son amie. Bain de plaisirs, de rires, de

partage. Le ciel s'obscurcit, des nuages noirs le recouvrent entièrement, s'entrouvrent dans un bruit sinistre, puis se répandent en une suie gluante, dévastatrice, assassine. La victoire de la technologie sur l'homme, sa haine vengeresse. Ensuite, la ville se meurt d'asphyxie, les cadavres jonchent le sol, les heureux rescapés du hasard se terrent dans des abris pour éviter la contagion, pour renier leurs semblables, lépreux de l'ère nouvelle. Dans l'obscurité des bas-fonds, ce ne sont plus que des pleurs de remords, des espoirs honteux de survie, des humains avilis au contact du siècle maudit. Dans un coin isolé, solidaires d'une même terreur, Guillaume, Gabriel et Nathalie, les survivants miraculés de l'agglomération huit. Des êtres affamés de tendresse, déchirés entre leur joie de vivre et leur désespoir d'avoir vu la mort emporter les leurs. Et la certitude d'un conflit à venir...

— Guillaume ! J'aime Nathalie...

Guillaume rouvre les yeux. Gabriel le dévisage de toute sa haine, soulève un long couteau dans les airs. Son frère ! Comment en sont-ils venus là ? Pourquoi devraient-ils s'entre-tuer pour... aimer ?

Guillaume sent une larme couler sur sa joue. Elle ravive sa conscience, fait éclater en lui des bouffées de tendresse. Il s'avance résolument vers Gabriel, lui tend la main en signe de paix. Ce dernier hésite, tremble, laisse tomber le couteau et la pilule de l'Amour. Guillaume lève le poing, frappe violemment son frère qui tombe à la renverse.

Étourdi, stupéfait.

Alors, Guillaume ramasse le couteau, le pose sur le bras de Gabriel et le presse pour faire jaillir du sang dont il enrobe la pilule de l'Amour. Les yeux plongés dans les yeux de Gabriel, il la met dans sa bouche et l'avale d'un trait.

Une minute… deux minutes…

Et Guillaume de murmurer :

— Gabriel, mon frère, je t'aime…

L'ANNIVERSAIRE
DE CLAUDIO

Photo: Jacques Bourdon

de Odette Bourdon

Nous sommes en 2111, le 28 octobre, et Claudio célèbre ses quatorze ans. Après une escapade éclair à Paris en *scram-jet*, en compagnie de sa grand-mère, le jeune homme retrouve sa copine Maisy, ses parents et des amis pour découvrir un cadeau à faire rêver...

— Incroyable !

Sur une vieille table bringuebalante, trônent deux spécimens d'appareils anciens, identifiés comme « machines à écrire ».

Les « puces », c'est ainsi que l'on nomme, depuis des centaines d'années, ce genre de lieux où se retrouvent, pêle-mêle, les objets les plus hétéroclites, témoins d'époques lointaines. On y retrouve des outils périmés et souvent presque risibles, des vieux bijoux, des meubles et des bibelots, bref tout un bric-à-brac de vieille brocante. Les nostalgiques et les vieux fréquentent assidûment ce genre d'endroit. Les autres y viennent par curiosité et s'y promènent comme dans un musée.

Claudio regarde les deux artéfacts intrigants. Il va jusqu'à toucher de son index droit le métal gris de la vieille Oliver anglaise. Même Nadya, sa grand-mère qui l'accompagne, n'a jamais vu pareil objet.

— On m'a déjà dit qu'il fut une époque, il y a un peu plus de cent ans, où des gens utilisaient des machines pour taper des lettres qui, l'une après l'autre, formaient des mots. Puis des phrases, des paragraphes, des pages. Des auteurs auraient même écrit des livres entiers de plus de cinq cents pages avec cet engin.

— Hein... avec une machine comme celle-là ?

Claudio sourit, incrédule. Il n'a jamais été obligé de tracer de lettres de sa vie. Sa voix dicte tout bonnement ses idées qui sont transcrites instantanément sur son ordinateur par des icônes. Il peut choisir d'envoyer sa missive à qui bon lui semble. Les appareils communiquent très bien entre eux.

Quelquefois, juste pour le plaisir de «faire comme dans l'ancien temps», Claudio imprime sur papier ses «écrits». Il l'a fait tout récemment pour les treize ans de Maisy, sa copine. Il a choisi avec soin un papier de couleur corail et opté pour un design agrémenté de fioritures dans des tons de mauve et de bleu. Et le tout scintillait par saccades.

Maisy en a été touchée. Très touchée.

Ce soir, Claudio célébrera ses quatorze ans. C'est d'ailleurs pour cette raison qu'il se retrouve aux «puces» à Paris avec Nadya. Sa mère, Éliane, a demandé qu'il quitte la maison afin de préparer la fête avec son conjoint, Simon.

Encore une heure à se balader dans Paris, puis, Place de l'Opéra, le *scram-jet* les cueillera, eux et quelques centaines d'autres voyageurs, pour les ramener en moins d'une heure dans le stationnement jouxtant la Place Ville-Marie à Montréal, tout près de la demeure de ses parents.

Claudio adore ces escapades imprévues avec sa grand-mère. Leur destination préférée : Paris. Mais, parfois, ils optent pour New York ou Miami. Un jour, ils sont allés à Vientiane au Laos. Nadya voulait y revoir sa jumelle Carole pour célébrer avec elle leur cinquantième anniversaire de naissance.

À quelques minutes du départ pour Montréal, Claudio réalise soudain qu'il vit dans un monde où les distances n'existent presque plus. Et il a appris sur des sites *Internavigator* que cela n'a pas toujours été ainsi…

Désormais, en peu de temps, les bolides aériens conduisent aux quatre coins du monde les voyageurs désireux de changer d'air – ne serait-ce que pour quelques heures

– ou de visiter des amis ou de la famille. La Terre est devenue un immense village.

Évidemment, Claudio n'a pas encore les moyens de visiter les autres planètes. Mais il le fera tôt ou tard. Tiens ! Peut-être même, dans quelques années, pour célébrer son *alliance* avec Maisy ! Alliance d'au moins cinq ans, ont-ils décidé d'un commun accord.

L'excursion à Paris a un peu fatigué Nadya. Elle avale trois cachets vitaminés qui devraient la remettre d'aplomb en quelques minutes. L'heure qui les sépare de Paris à Montréal lui permettra une sieste réparatrice. C'est en pleine forme qu'elle posera les pieds sur un Montréal alangui et pluvieux, en ce 28 octobre.

Éliane et Simon ont décoré le loft d'ampoules multicolores. Des champs magnétiques ont été installés afin de créer des atmosphères musicales et sonores différentes d'un coin à l'autre du vaste appartement.

Toute longiligne dans son costume en latex rose, Maisy resplendit.

Quand Claudio rentre chez lui, il ne voit qu'elle, tant il la trouve jolie. Le garçon sait que c'est elle, son âme sœur, sa compagne de vie. Les adultes rient parfois de ce genre de lubies qui fleurissent abondamment en cette fin de l'année 2111.

— Chaque époque a ses idées. Celle-ci ne me déplaît pas du tout, confie grand-maman Nadya. Moi aussi, quand j'étais jeune, je croyais au grand amour…

Éliane taquine un peu sa mère.

— Maman, tu as eu pas moins de cinq compagnons de vie…

— Et ce n'est pas fini, ajoute Nadya avec humour. N'empêche, rêve-t-elle tout haut, que moi, au début, j'y ai cru très fort à cette âme sœur.

Simon, qui refuse de voir la nostalgie s'installer au milieu de la fête, entraîne belle-maman dans une nouvelle chorégraphie musico-physique. Celle-ci se balance douce-ment aux sons de la mélopée qui provient du coin détente de la maison. Pendant ce temps, à l'autre extrémité de la pièce, Maisy et Claudio se laissent emporter par le tumulte vocal d'une nouvelle star dont l'écho leur parvient via le haut-parleur installé au plafond. Dans l'espace salon, des séquences *cinématiques*

projetées sur un écran géant retracent la jeune vie de Claudio. Sa naissance. Ses premiers pas. La cérémonie du rituel où il a reçu officiellement son prénom et son numéro permanent d'identification.

Quelques amis et parents arrivent bientôt avec Laurent, le père biologique de Claudio. L'adolescent n'a pas vu cet homme depuis son dernier anniversaire. Le père serre son fils dans ses bras.

— Navré de ne pas te voir plus souvent « en personne », cher Claudio. Mais l'installation d'une base sur Mars n'est pas aussi simple que prévu et j'y passe beaucoup de temps.

Tout le monde s'esclaffe. La vie extravagante et quelque peu débridée de Laurent est connue de tous et sujette à plaisanteries et à moqueries. Même son fils ne se formalise plus des absences de son géniteur. Simon est devenu son vrai père, celui qui lui sert de guide lors des excursions nordiques ou des échappées vers le Sud.

— En tout cas, on se parle beaucoup par bandes électroniques et j'aime bien les petits films que tu m'envoies. Au fond, je te suis à la trace, mon fils…

Claudio se contente de sourire. C'est un jeune homme heureux, conscient de ses talents et dont le cœur regorge de passions de toutes sortes. Claudio est enthousiaste et entretient le bonheur autour de lui. Il évite les controverses ou les confrontations et préfère l'harmonie.

À l'insu de Claudio, une énorme boîte a été transportée dans sa chambre alcôve. Complice, Maisy a entraîné son amoureux dans la cuisine pour grignoter un peu… tout en bécotant celui qu'elle a choisi et avec qui elle désire vivre de longues années.

Soudain, la maison est plongée dans le noir. On entonne le chant d'anniversaire traditionnel. Puis quatorze délirantes bougies apparaissent au milieu de l'appartement, illuminant ainsi la mystérieuse boîte qui y trône.

— Wow ! Mais qu'est-ce que cela peut bien être ? demande Claudio en s'approchant de la surprise.

Et, se tournant vers grand-maman Nadya, il ajoute :

— Sûrement pas l'Oliver de tantôt… c'est un peu plus gros !

Questionnée par les autres, Nadya raconte la fascinante découverte de l'antique machine à écrire et de son utilité.

Avant même de déballer le gigantesque présent, Claudio, qui est d'un naturel affectueux, va embrasser sa mère Éliane et son compagnon Simon. Il sait bien que c'est à eux qu'il doit ce cadeau. Il sait aussi que la vie peut être parfois très longue, mais que les gens qu'il aime peuvent aussi partir rapidement. Des épidémies causées par des virus inconnus déciment régulièrement les Terriens. Aussi préfère-t-il montrer son affection, son amour, au fur et à mesure que les événements se présentent, comme il le fait également pour ses chagrins et ses tensions. L'adolescent a trop entendu d'histoires de gens qui implosaient – explosaient de l'intérieur – à force de tout garder pour eux.

Maisy donne un coup de main à Claudio pour défaire l'emballage.

— Pas vrai !!! Super in…

Claudio et Maisy s'extasient en découvrant le fabuleux objet.

— Une machine à détecter les rêves…

Claudio a peine à y croire. Il fait une nouvelle tournée d'embrassades et explique son nouveau jeu à oncle Darwin et à tante Indiglo qui ignoraient jusqu'à l'existence d'un tel objet.

— On en trouve depuis quelques années déjà, mais ce modèle-ci, explique Claudio, est tout nouveau. J'en ai vu une démonstration à l'*holothèque*. Je sais comment ça fonctionne.

Maisy et Claudio posent sur leur tête les casques criblés d'électrodes, puis font mine de dormir.

— Nos rêves sont enregistrés… Au matin, on n'a qu'à rembobiner pour les «visualiser».

Et Maisy de poursuivre :

— Ainsi, je saurai à quoi rêve mon Claudio…

— Et vice versa, précise l'heureux garçon.

Nadya se sent obligée de préciser :

— Vous savez, ce n'est peut-être pas toujours souhaitable de partager tous vos rêves… Certains peuvent demeurer dans votre jardin secret !

— Impossible avec un truc comme celui-là, tranche Claudio.

Une certaine nostalgie accable maintenant la grand-mère. Un peu à l'écart, Nadya réfléchit tout haut :

— On démythifie tout… jusqu'aux rêves ! Plus rien ne nous appartiendra vraiment…

Claudio la rejoint.

— Hé ! Nadya ! Le modernisme a tout de même ses bons côtés… On n'était pas bien tout à l'heure, tous les deux, à Paris ?

Un gros bisou sur la douce joue de Nadya et celle-ci sourit de nouveau et va rejoindre les autres pour profiter de la célébration.

Un bref coup d'œil a suffi à Éliane pour deviner les pensées moroses de sa mère.

— Le progrès lui a arraché son premier mari, explique Éliane à Simon.

— Je sais, chérie, et c'était ton père… Il faisait partie de la première expédition sur Mars…

— Et sa fusée s'est désintégrée sous nos yeux… Ouais ! Un accident ou un sabotage, on n'a jamais su. Quelle horreur !

Insouciants, Claudio et Maisy rêvent déjà de rêver.

Cette nuit, Maisy restera à dormir avec Claudio. Quant aux autres, ils regagneront, dans leur cocon, dans leur bulle vitale bien oxygénée, qui un amour, qui un animal virtuel, qui un souvenir, qui un robot familier.

La Terre continuera de tourner et de transporter les rêves de chacun, rêves partagés ou non… bien que les autres planètes aient de plus en plus la cote d'amour !

LE PRIX DE LA BEAUTÉ

de Louise Tondreau-Levert

Les aliments transgéniques sont depuis quelque temps dans notre assiette. Le clonage d'animaux fait maintenant partie de notre vie. Le décodage du génome humain n'aura plus de secrets dans un proche avenir. Alors, en 2225, qui sait ce qu'il adviendra de toute cette manipulation génétique. Les grands prédateurs que sont les araignées domineront-ils les hommes?

J'ai seize ans aujourd'hui et l'image que me renvoie le miroir est celle d'un jeune homme qu'on qualifie de beau. Cette soudaine beauté me dérange, car il n'y a pas six mois j'étais plutôt ordinaire. Ordinaire est faible, j'étais carrément laid, sauf pour ma mère, bien sûr.

Ma métamorphose a commencé lorsque Mylène est entrée dans ma vie. Mylène, une petite nouvelle dans le quartier, jeta son dévolu sur moi. Avant elle, aucune fille ne s'approchait de Nicolas Gladu. Je leur faisais peur, je ne sais pas si c'était à cause de mes lunettes ou de mes oreilles décollées, mais elles se tenaient loin. Ma vie sociale était nulle et je passais tout mon temps libre devant mon ordinateur. Mais lorsque Mylène s'intéressa à moi, tous les garçons du coin m'envièrent. En plus d'être belle, Mylène excellait dans tous les sports, surtout en gymnastique.

Nous sortions beaucoup, mais elle refusait toujours que je la raccompagne chez elle. Ce que Mylène préférait, à part la gymnastique, c'étaient les jeux cybernétiques sur grand écran au Complexe de la Cité. Elle connaissait tous les codes et souvent elle déjouait le contrôleur, ce qui lui valait une expulsion. Personne ne devrait défier le contrôleur, car, en 2225, les ordinateurs gouvernent partout sur la Terre, sauf le monde de Mylène. Ce jour-là, une fois de plus, Mylène provoqua le surveillant. Déçu, en quittant le complexe, je lui dis :

— Tu nous as encore fait mettre à la porte, Mylène. Tu devrais faire attention.

— Tu peux rester, Nicolas, il ne t'a pas jeté dehors, toi.

— Pas question que je te laisse toute seule.

— Alors, on va chez moi.

— Tu es sérieuse, tu veux que je te raccompagne !

— Oui, je pense que tu es maintenant prêt à affronter mon monde.

— Je ne comprends rien à ce que tu dis, Mylène, mais tu sais bien que je te suivrai n'importe où.

À ce moment-là, je réalisai que je ne savais pas où Mylène habitait. Elle me fit passer par une petite rue, juste derrière le Complexe de la Cité. Cette partie de la ville avait été fortement touchée par la guerre électronique, terminée depuis bientôt deux ans. Je ne comprenais pas pourquoi elle tenait tant à traverser ce quartier en ruines. Il n'y poussait aucune végétation et les maisons qui tenaient encore debout étaient désaffectées. Il était interdit d'y entrer et cette consigne était suivie de tous, sauf de Mylène, évidemment ! C'était probablement ce petit côté délinquant qui m'attirait chez elle. Nous arrivâmes devant un édifice de quatre ou cinq étages. C'était difficile à évaluer du fait que le toit manquait et qu'il n'y avait que des débris aux alentours. Cet endroit était franchement repoussant. Les fenêtres étaient recouvertes de vieux panneaux en bois, sur lesquels on avait placardé des affiches. Un escalier de fortune avait été installé devant ce qui semblait être la porte d'entrée. Elle ouvrait sur une pièce sombre et humide. Dès mon entrée dans la pièce, j'eus un haut-le-cœur. J'eus l'impression de m'introduire dans l'antre d'un animal. Le sol était jonché de feuilles, des restes de nourriture traînaient partout et l'odeur de pourriture était infecte. J'eus envie de partir, mais Mylène me retint ou, plus précisément, elle me maîtrisa. Je me débattis, j'utilisai tous les trucs de karaté que mon prof virtuel m'avait appris, mais on aurait dit qu'elle avait quatre paires de bras. Pendant qu'elle m'attachait, elle me dit :

— Je t'ai choisi parce que je suis certaine que tu accepteras de collaborer.

— Je ne pense pas, j'aime mieux retourner chez moi.

— Tu préfères t'enfermer dans ta chambre et converser avec cette machine.

— Cette machine, comme tu dis, est un ordinateur très performant qui détectera ma présence où que je sois. Il m'est personnellement attitré. Il demeure en contact avec moi en tout temps et lui, au moins, il ne sent pas la charogne.

— Tu trouves que je sens mauvais ?

— Pas toi, mais cet endroit empeste.

— Au contraire, cette odeur est plutôt agréable.

— Bon, écoute, Mylène, tu as gagné. Arrête ton cirque et laisse-moi partir.

— Jamais ! Tu es ma proie et, dans quelque temps, tu me remercieras.

— Je suis ta proie ! Tu as une araignée au plafond ou quoi ?

— Tu ne crois pas si bien dire, mais si tu coopères, je te jure que tu ne le regretteras pas.

— Je suppose que je n'ai pas le choix.

— Non, Nicolas.

Mylène me regarda droit dans les yeux, elle se concentra et je m'endormis. Mais le sommeil dans lequel je fus plongé ne fut pas très réparateur. Je dormais comme suspendu à un fil. Je me réveillai complètement courbaturé. Je n'étais plus attaché, mais l'impression de captivité était toujours là. J'étais dans une autre pièce et l'odeur fétide de décomposition avait disparu. Ma geôlière aussi. J'en profitai pour chercher une sortie. Le faible éclairage provenait d'une toute petite fenêtre couverte d'une toile d'araignée. Je grimpai sur la table dans l'idée de briser la fenêtre pour sortir. Mais il me fut impossible de passer au travers de la toile. Elle était faite de nylon ou de je ne sais quel autre matériau indestructible. J'eus beau m'acharner avec mes poings et avec un bout de bois qui traînait par terre, rien n'y fit, tout rebondissait sur cette maudite toile.

— Tu peux essayer tant que tu voudras, Nicolas, mais je te jure que tu n'arriveras pas à la détruire.

Je sursautai. Mylène se tenait là, devant moi, souriante et détendue.

— Mylène, où te cachais-tu?

— Nulle part. Je me faisais toute petite.

— Je t'en prie, Mylène, cesse de jouer. Je te rappelle que mon ordinateur doit déjà savoir où je suis. Dans moins d'une heure, on viendra me chercher.

— Impossible, jamais on ne te trouvera.

— Voyons, Mylène, tu sais très bien que, depuis que tous les systèmes sont reliés entre eux, personne ne peut échapper au contrôleur. Dès que quelqu'un manque à l'appel, ses agents fouillent toute la ville avec leurs détecteurs de chaleur jusqu'à ce qu'ils le repèrent.

— Oui, peut être, mais toi tu ne manques pas à l'appel, tu es toujours chez toi devant ton écran.

Je connaissais Mylène depuis quelques mois déjà, je la savais très intelligente, alors je lui demandai :

— Comment as-tu réussi un tel tour de passe-passe ?

— C'est pourtant très facile, Nicolas, un hologramme te remplace.

— Il est strictement défendu de fabriquer des hologrammes depuis la grande guerre électronique, répliquai-je, indigné.

— Peut-être, pour ceux qui se soumettent aux lois.

— Et qui me dit que tu ne mens pas ?

— Mentir, c'est une chose que seuls les humains savent bien faire.

— Et toi, tu n'es pas humaine, je suppose !

— On ne peut rien te cacher, Nicolas.

Et là, je vis une Mylène que je n'aurais jamais pu imaginer. Elle s'étira tant et si bien que son corps s'étendait sur presque toute la surface du mur. Elle n'existait plus qu'en deux dimensions. Et de cette immense toile colorée émergea une araignée. Tout se passa simplement comme un papillon qui sort de son cocon. À la vue de cette transformation, je m'évanouis. Ce ne fut pas seulement la peur, mais surtout la surprise qui me firent perdre conscience. Et lorsque je revins à moi, Mylène, enfin l'araignée velue qu'elle était devenue, me caressait la figure avec l'une de ses huit pattes. Je faillis retomber dans les pommes, mais de sa bouche un chant doux et agréable s'échappa. Impuissant, je fus envoûté, par une araignée qui, par je ne sais quelle magie, parlait.

Plus je gesticulais, plus je m'emberlificotais dans l'immense toile où l'arachnide m'avait fait prisonnier.

— Cesse de bouger, Nicolas. La toile sur laquelle tu reposes, je l'ai fabriquée spécialement pour toi. N'est-elle pas confortable ?

— Non, laisse-moi partir ! Je ne suis pas un fan des aranéides de ton espèce.

— Impossible de te laisser partir, la métamorphose est déjà commencée.

— Quelle métamorphose ?

— La tienne, Nicolas. Bientôt, tu seras tout autre.

— Je ne veux pas devenir comme toi ! m'écriai-je, horrifié. Je t'en prie, laisse-moi partir !

C'est alors qu'elle me dit doucement :

— Ne t'inquiète pas, Nicolas, tu ne seras jamais comme moi. Je fais partie de ceux qui ont échappé au contrôleur, lors de la guerre électronique. Comme tu peux le constater, nous les araignées possédons maintenant le pouvoir de copier le corps humain d'une façon presque parfaite.

— Je vois et je n'aime pas. Il n'y a que ta voix qui est belle.

— Il est vrai que la voix de Mylène est l'organe que j'ai le mieux réussi. J'ai donc décidé de conserver cet attribut même lorsque je n'en ai pas le corps.

— Il est tout de même étrange de voir une créature, telle que toi, parler. Non ?

— Peut-être, mais ne penses-tu pas que le corps de Mylène est un pur prodige ?

— Oui, mais ce n'est pas toi.

— Elle et moi sommes pourtant la même personne.

— Je ne crois pas qu'une si belle fille puisse se changer en une affreuse créature à huit pattes.

Mylène, enfin la bestiole qu'elle était devenue, éclata de rire et répliqua :

— Tu te trompes, c'est l'araignée qui se change en belle jeune fille. Tu veux savoir comment ?

Sans attendre ma réponse, l'animal façonna sa toile afin de lui donner une forme humaine. Peu à peu, je vis un être tridimensionnel s'articuler devant moi, faisant progressivement apparaître les traits de Mylène. Un corps se fabriquait sous mes yeux. Il tournoyait à une vitesse folle dans l'étrange toile d'araignée. On aurait dit une réaction chimique. Cette fabuleuse transfiguration se fit sans bruit, rapidement, et une Mylène toujours parfaite s'extirpa de cette machine diabolique.

Je compris enfin pourquoi Mylène portait toujours ce justaucorps noir garni de rayures rouges. C'était le costume de la mygale à genoux rouges, du Mexique, une espèce menacée au siècle dernier. Je connaissais l'espèce pour l'avoir étudiée dans un cours de sciences naturelles. Comment ai-je pu oublier ? Mon esprit se brouillait et la supercherie était si parfaite que je m'y laissai prendre.

— Aide-moi, Mylène, sors-moi d'ici, je t'en prie !

— Nicolas, je ne suis pas Mylène. Je ne suis qu'une illusion. Tous les arachnides ont maintenant le pouvoir de prendre la forme humaine grâce à la soie qu'ils fabriquent. Lors de la grande guerre électronique, des ondes de toutes sortes se sont répandues partout dans l'atmosphère et ont été absorbées par nos toiles qui sont devenues des capteurs d'énergie. Ainsi, les codes génétiques volés électroniquement ont été absorbés par les araignées dans leur nourriture, et cela à notre insu. Maintenant, à l'aide de notre soie, nous pouvons reproduire le corps correspondant aux gènes prisonniers dans notre garde-manger.

C'était impensable qu'une araignée soit capable de parler, de penser et, surtout, de prendre l'apparence d'une belle jeune fille. Je refusai de croire que Mylène n'existait pas. Cette histoire de gènes n'avait pas de sens. Je risquai une question :

— Les codes ne peuvent-ils pas se mêler entre eux ?

— Oui, mais nous ne gardons que ceux qui donnent un résultat satisfaisant. Les autres sont récupérés par des araignées moins habiles, qui les utilisent comme elles peuvent. C'est génial, n'est-ce pas, Nicolas ?

— Je suppose que, pour une araignée, c'est super de prendre l'apparence d'un humain. Mais je ne comprends toujours pas ce que je viens faire dans cette histoire.

— C'est pourtant simple, tu me serviras d'appât.

— Quoi ! d'appât !

— Oui, lorsque ta transformation sera achevée, tu seras tellement beau qu'aucune fille ne pourra te résister. Alors, tu me les amèneras ici.

— Et qu'en feras-tu ?

— Eh bien, je les mangerai ! Si tu refuses de collaborer, c'est toi que je dévorerai comme un vulgaire insecte.

J'avais le choix entre mourir ou devenir le complice d'une tueuse. Comment me sortir de ce dilemme ? Je devais gagner du temps. Je jouai donc la carte de la sensibilité.

— Tu ne peux pas me demander de faire une chose pareille, ce n'est pas humain. En

souvenir de notre amitié, Mylène, je t'en sup-
plie, laisse-moi partir. Je te jure de ne pas
dévoiler ton secret.

— Voyons, Nicolas, ce n'est pas si terrible
que ça. Pour toi, ce sera facile et plutôt
agréable de séduire toutes ces jeunes filles. Et
il me faut un mois pour avaler une personne
entière.

— C'est ce qui explique l'odeur de décomposition qui flotte ici. Et si je compte bien,
ça fait douze personnes par année. C'est trop
pour moi.

À ce moment-là, je ne connaissais pas les
autres moyens de persuasion de Mylène ou,
devrais-je dire, de la répugnante créature
qu'elle était.

— Tu peux partir, Nicolas. Je préfère ne
pas te retenir contre ton gré.

— Mais tu viens de dire que tu me man-
geras si je refuse.

— C'est vrai, mais je sais que tu me
reviendras. Allez, va-t'en. Tu es demeuré
assez longtemps dans ma toile, ta transformation est terminée.

— Je suis le même. Je pense que tu fa-
bules et que toute cette histoire n'a pas de
sens. Je pars et pas question que je remette les
pieds ici.

Elle me dégagea, et je pus enfin m'échapper ! Mais les muscles de mes jambes étaient ankylosés. Je ne courais pas assez vite. J'avais l'impression de vivre un de ces cauchemars où il est impossible de trouver la sortie. Une fois dehors, je continuai ma course jusqu'au moment où je manquai de souffle. Épuisé, je m'effondrai sur le pavé, devant le Complexe de la Cité. Et c'est là qu'on me découvrit et qu'on me transporta à l'hôpital. Lorsque je repris conscience, un médecin m'examinait.

— Bonjour, Nicolas. Ton ordinateur personnel nous a transmis hier soir un signal de détresse à ton sujet. Cela nous a permis de te sauver avant que ces bestioles ne t'achèvent.

— De quelles bestioles parlez-vous, docteur ?

— De celles qui terrorisent la ville depuis un certain temps. Tu en as certainement entendu parler, non ?

Comme je fis non de la tête, il m'expliqua :

— Il s'agit d'une espèce d'aranéides un peu plus grosse que les autres. Un changement dans leur code génétique, probablement dû à la pollution, les rendent un peu différentes. Certaines araignées ont une ou deux mains à la place des pattes, et d'autres possèdent des yeux comme nous. C'est inquiétant, mais le contrôleur s'en occupe. Enfin, ce qui importe, c'est que tu ailles bien. Surtout que deux jeunes filles attendent pour te voir.

— Impossible ! Aucune jeune fille ne s'intéresse à moi. Je ne corresponds pas exactement au prince charmant.

— Tu te sous-estimes, Nicolas. À part quelques égratignures et de petites morsures, rien que nous ne pouvons pas soigner, tu vas très bien, mon garçon.

Incrédule, je sortis du lit afin de vérifier ses dires dans le miroir de la salle d'eau. Ce que je vis me renversa. J'étais beau, même très beau. C'était donc vrai : j'étais devenu un leurre.

— Ne les laissez pas entrer, je vous en prie, je ne veux voir personne.

— Comme tu voudras. Je vais leur dire que tu es souffrant. À demain, Nicolas.

Les filles qui m'attendaient étaient-elles de superaraignées ou de futures proies pour Mylène ? Comment le savoir ? Je laissai tomber ma tête sur l'oreiller pour regarder le plafond. Ce que je vis me pétrifia. Une araignée me dévisageait. Était-ce Mylène ? La porte de ma chambre s'ouvrit. Une des filles entra, s'approcha de mon lit. Je ne savais pas qui elle était, mais elle semblait bien me connaître.

— Salut, Nicolas. C'est Mylène qui m'envoie. Elle ne pouvait pas te rendre visite, alors elle m'a demandé de prendre de tes nouvelles.

— Va-t'en ! Ne reste pas ici. C'est dangereux !

— Voyons, Nicolas, tu divagues. L'ordinateur me confirme à l'instant que tu n'es pas contagieux.

— S'il te plaît, pars au plus vite.

— Un beau gars comme toi ne doit pas rester seul. C'est étrange que je ne t'aie pas remarqué avant. Pourtant, Mylène me jure que tu étais souvent avec elle au Complexe de la Cité.

— C'est un endroit très fréquenté par les étudiants.

— Impossible de passer inaperçu quand on est séduisant comme toi. Enfin, je suppose que Mylène t'a caché quelque part.

— Si tu veux vraiment me faire plaisir, retourne chez toi et ne reviens pas.

— Pas question que Maryse Provencher manque à sa parole. J'ai promis à Mylène de m'occuper de toi et je vais le faire.

J'avais devant moi une fille qui s'obstinait à rester. Elle me tendit un verre d'eau, elle tapota mes oreillers. Je ne savais pas comment la mettre à la porte. Elle était pire que Mylène.

Mylène, je l'avais presque oubliée tellement Maryse m'entourait de ses bons soins. Ce fut un oubli qui ne dura pas longtemps, car Mylène sortit encore une fois de nulle part. Elle se matérialisa.

— Mon pauvre petit Nicolas, comme tu m'as manqué !

— Comment es-tu entrée ? s'écria Maryse.

— Tu étais tellement occupée avec Nicolas que tu ne m'as pas remarquée.

— Alors, salut. Je te laisse avec lui.

— Tu veux m'attendre à l'extérieur, Maryse, j'arrive dans quelques minutes.

Maryse accepta et sortit. Offusqué, je m'écriai :

— Tu vas l'entraîner chez toi pour la manger, c'est ça ?

— Oui, et ce sera facile, car elle voudra que je lui parle de toi, surtout si je lui dis que je ne t'aime plus et qu'elle peut tenter sa chance.

— C'est malhonnête !

— Peut-être, mais je n'ai pas le choix. Je dois refaire ma provision de protéines. Le superbe corps que je fabrique dans ma toile demande beaucoup d'énergie. Il ne me reste que très peu de temps, alors je dois convaincre Maryse de venir chez moi.

— Tu vas mourir ?

— Non, mais je faiblis d'heure en heure et si je ne veux pas redevenir une araignée d'ici peu, je fais mieux de partir tout de suite.

— Reste encore. Je n'arrive pas à croire que la fille avec qui j'ai passé les deux derniers mois est en réalité une araignée.

— Impossible, mon dîner m'attend.

Mylène sortit sans bruit, sans se retourner et sans me dire bonjour. Je ne pouvais pas la laisser faire. C'était impensable qu'elle mange toutes les filles qui s'intéresseraient à moi. Je m'apprêtai à sortir de mon lit, mais la toile d'araignée qui se trouvait au-dessus de ma tête me tomba dessus. Elle avait pensé à tout ou presque, la belle Mylène. Toutefois, dans sa hâte, elle avait omis de débrancher l'ordinateur. Je n'avais qu'une touche à actionner, si j'arrivais à l'atteindre. Pendant que je m'empêtrais dans les mailles de la toile, un bruit strident me fit sursauter. Je reconnus l'alarme du système de détection des ordinateurs rebelles. Je ne l'avais pas entendue depuis longtemps, du moins pas depuis la fin de la guerre électronique. Je croyais même qu'on l'avait désactivée. Une infirmière affolée pénétra dans ma chambre et elle en ressortit en hurlant. Un médecin arriva quelques instants après.

Calmement, il me dit :

— Je vais vous sortir de là, monsieur Gladu. Elle est passée par ici, semble-t-il ?

— Qui ça, elle ?

— L'araignée mutante, celle qui vous a mis dans cette fâcheuse position. Le contrôleur la surveille depuis un certain temps. On l'a enfin capturée.

— Vous avez attrapé Mylène ?

— Si c'est le nom de l'araignée transformée en jeune fille, oui.

— Si le contrôleur surveillait Mylène, pourquoi m'a-t-il laissé avec elle pendant plus de trois jours ?

— Je n'en sais rien, mon garçon. Cette toile est très difficile à couper, je vais devoir utiliser un outil plus adéquat. Je reviens dans quelques minutes.

Le médecin quitta précipitamment la chambre. Je restai seul, toujours prisonnier de la toile. Je me demandais ce qui pourrait m'arriver de pire lorsqu'on chuchota à mon oreille :

— Si tu coopères, tu peux être libre et jouir de ta beauté, Nicolas.

— Mylène, je croyais que tu étais prisonnière du contrôleur.

— Ils ont capturé Maryse par erreur. Je n'avais qu'à reprendre la forme d'une araignée et revenir près de toi. Les araignées reviennent toujours dans leur toile. C'est leur garde-manger, après tout.

Convaincu qu'elle allait me dévorer, je fus pris de panique. Un grand frisson me traversa. Je ne voyais aucun moyen de m'en sortir. À moins que le médecin ne revienne vite, très vite.

— Alors, Nicolas, j'attends ta réponse. Tu veux m'aider, oui ou non ?

— Je dois faire quoi au juste ?

— Me transporter à l'extérieur. Et pour ce petit service, tu seras libre et beau comme un dieu, pour toujours.

— D'accord, Mylène, libère-moi et nous sortirons d'ici ensemble.

Lentement, elle fit fondre les mailles de ma prison. Le moindre effort l'épuisait, car elle n'avait rien mangé depuis plusieurs jours. Je pus enfin descendre du lit. Alors, sans dire un mot, je saisis le pistolet rempli du médicament qui m'était destiné et je l'injectai dans le corps de la mygale. Elle mourut sur le coup d'une surdose en poussant un petit grognement.

2999

LA BELLE
AU BOIS DORMANT

de ANGÈLE DELAUNOIS

L'humanité accédera-t-elle un jour à l'immortalité ? Pour en arriver là, les étapes et les problèmes d'éthique seront sûrement très nombreux. La congélation des corps et le clonage sont déjà de notre époque et ouvrent sur l'avenir des perspectives affolantes. Notre tout nouveau millénaire connaîtra les pionniers du temps. Vivront-ils cette aventure avec sérénité ? Quel sera le prix à payer pour la jeunesse éternelle ?

2000 –

Vous voulez vraiment tout savoir ? Ma vie est une longue suite de coïncidences et de hasards extraordinaires.

Je suis née avec le deuxième millénaire : le 20 janvier 2000, à vingt heures vingt, très exactement. À la pouponnière de l'hôpital, tout le monde s'est beaucoup amusé de cette joyeuse fantaisie qui me plaçait sous le signe du temps. Je n'en ai pas pour autant fait les manchettes. Ce n'est que quelques années plus tard que cette conjoncture temporelle a dépassé l'anecdote.

2015 –

Je suis morte à quinze ans, le quinze du mois d'août, dans un carambolage monstrueux impliquant cent cinquante automobiles, sur une autoroute américaine, à l'entrée de San Francisco. Depuis plusieurs années, le temps était complètement détraqué et de furieuses trombes d'eau, accompagnées de vents violents, causaient régulièrement des embouteillages à tout casser et des accidents cauchemardesques. Quinze personnes sont mortes en même temps que moi. Tout aurait pu s'arrêter là. Blasés, les journalistes chevronnés ne se déplaçaient même plus pour couvrir les accidents et la presse électronique envoyait ses pigistes ou ses débutants. Cette fois-là, Mondia News avait dépêché Sam Walter sur les lieux du sinistre. Sam cherchait désespérément à se faire remarquer. Il avait les dents longues. Lorsqu'il m'a vue, si jeune, allongée sur le terre-plein de l'autoroute, le visage lavé par la pluie, il a eu comme un flash. Malgré des signes vitaux archi-nuls, il a eu la certitude que je vivais encore quelque part. Il s'est juré de me sortir de là, même s'il n'avait pas beaucoup de temps devant lui. Et il a tenu parole. En naviguant sur Méga-Net, il a pêché un dossier complet sur ma modeste personne. Le premier, il a remarqué les étranges séquences de chiffres qui jalonnaient ma courte existence. C'était plutôt original et il a fait un topo d'enfer là-dessus. En moins d'une heure, ma photo s'affichait sur tous les écrans de Méga-Vision. Une célébrité instantanée !

Tout s'est alors embrayé très vite. Mon corps avait été transporté à la morgue. Dans le plus grand secret, un envoyé de la fondation Astral-Tempo vint le réclamer en présentant un transfert de pouvoir signé par mes parents. On ne fit aucune difficulté à lui confier mon cadavre. J'ai su par la suite que cette mystérieuse fondation occulte s'intéressait de très près à tous les phénomènes un peu bizarres de la planète. Pour eux, j'étais un cas intéressant.

Deux heures plus tard, j'étais allongée dans un caisson de cryogénisation, congelée à l'os, pour le meilleur et pour le pire. À cette époque, les cocons de sommeil étaient incroyablement primitifs, gros comme des sarcophages égyptiens et assujettis à une technologie pesante. La préhistoire de la survie !

2060 –

Je me suis réveillée, bien vivante, le 20 janvier 2060, à l'aube de mon soixantième anniversaire, après un petit somme de quarante-cinq ans. Reposée, vous pouvez me croire. Fraîche et rose dans mon corps de quinze ans. À mon chevet, un homme inconnu me souriait de toutes ses dents. C'était Sam. Mon histoire l'avait rendu célèbre. Astral-Tempo et

Mondia News l'avaient délégué pour raconter en direct mon réveil. Il m'avait donné une seconde vie. En quelque sorte, il était mon nouveau père, même si je ne l'avais jamais vu. Il a pris ça très au sérieux. C'est lui qui m'a raconté l'incroyable aventure qui m'était arrivée. Je ne voulais pas y croire. J'ai mis plusieurs mois à l'accepter. Ensuite, j'ai fait des recherches. Mes parents étaient morts. Mes amis étaient vieux, riches d'enfants et de souvenirs où je n'avais aucune place. J'ai revu Noémie, Saba, Étienne et Padma… mais nous n'avions plus rien à nous dire. J'avais quinze ans, eux, soixante. J'ai sombré dans la déprime.

Pour me changer les idées, Sam m'a emmenée sur la station spatiale Lagrange. C'est là que j'ai repris goût à la vie. La communauté scientifique qui y travaillait m'a accueillie comme une mascotte, un porte-bonheur. On m'a encouragée à reprendre mes études, à renouer avec le fil de mon existence. Et puis j'ai rencontré Boris, l'amour de ma vie, un biologiste qui étudiait les mutations cellulaires des cultures hydroponiques. Un doux, un tendre qui savait pimenter le quotidien de sa folie slave. Nous nous sommes mariés. Sam a été mon témoin. Boris avait vingt-huit ans, moi soixante-huit selon l'état civil… en fait dix-huit selon mon âge biologique. Tous ces décalages, ça commençait à devenir compliqué !

Boris et moi avons été fous d'amour durant quatre-vingt-deux ans. Nous avons élevé trois enfants. Nous avons beaucoup voyagé, beaucoup travaillé. Pendant quelques années, nous avons habité sur la Lune. Boris avait la responsabilité des immenses serres solaires qui transformaient peu à peu le satellite gris en jardin sous bulles.

La Terre était notre récréation. Dès que nous le pouvions, nous partions à la découverte de ces villes musées, parfaitement conservées, qui jalonnaient la planète de mon enfance. La nostalgie à l'état pur. Dans toutes ces cités arrachées à l'histoire de l'humanité, pas un détail, pas un brin d'herbe n'étaient plus laissés au hasard. Les souvenirs revenaient par bribes à ma mémoire : le mouvement perpétuel de Paris, le romantisme fatigué de Rome, le dynamisme de Montréal, la perfection décadente de Saint-Pétersbourg, la frénésie de Hong-Kong... Ces villes existaient encore, mais on en avait gommé toute imperfection, toute aventure. Elles avaient perdu une partie de leur âme.

Et puis mon bonheur a volé en éclats. Un accident tout bête. Nous étions sur la station Lagrange, en tournée d'inspection. À force de vivre dans l'espace, on finit par tenir pour acquises les règles les plus élémentaires de sécurité. Boris et moi sommes morts stupidement, d'une négligence dans le contrôle de notre équipement spatial. Asphyxiés. La célébrité qui m'avait un peu oubliée à l'époque s'empara de nouveau de moi. Imaginez un peu : pour la seconde fois de ma vie, je suis morte un quinze août, selon le calendrier solaire universel, à quinze heures, heure locale. À l'âge biologique de cent ans, cent quarante-cinq ans selon mon état civil. La fleur de l'âge, quoi !

Sur Lagrange, il n'y avait qu'un seul cocon de survie disponible. Le tapage médiatique autour de ma seconde mort était tellement intense que je fus choisie pour la mise en sommeil. Le corps de Boris fut conduit à l'incinérateur. Nos enfants sanctionnèrent cette séparation définitive. De toute façon, ils nous avaient perdus tous les deux. Je n'ai jamais pu leur en vouloir. Encore une fois, Astral-Tempo se chargea de tous les frais. Mon cas était devenu vraiment exceptionnel.

Les cocons de survie avaient été grandement perfectionnés depuis ma première expérience. Le corps baignait dans un bouillon d'oxygène liquide qui assurait une survie quasi éternelle aux cellules. Une stimulation constante du bulbe rachidien était maintenue afin que les réveils soient plus faciles. J'allais être une des rares à pouvoir en témoigner.

C'est à ce moment-là que la légende a commencé à se tisser autour de moi et qu'on me baptisa «La Belle au bois dormant». Un spatio-troubadour enrichit mon histoire de quelques détails de son cru et on entendit l'écho de ses succès dans toute la galaxie.

Je ne sais pas exactement ce qui s'est passé ensuite. Lagrange fut mise en veilleuse au profit d'une station plus proche de Mars dont on avait commencé la terraformation. Des pandémies se répandirent sur Terre et tout contact direct avec les spatiaux fut interdit durant des décennies. Toujours est-il qu'on m'oublia dans le petit dormitorium aseptisé de Lagrange, qui fonctionnait tout seul ou presque. Si j'avais pu, j'aurais choisi d'y dormir pour l'éternité, mais on ne me demanda pas mon avis.

2300 –

Cette fois-là, ma sieste dura cent cinquante-cinq ans. Eh oui ! On me réveilla le 20 janvier 2300, pour mon trois centième anniversaire de naissance. Une bien sale blague, croyez-moi ! Et devinez qui était à mon chevet ? Sam, bien sûr ! Ou tout au moins un clone de Sam. Mais dans le brouillard où je pataugeais, j'ai mis quelque temps à m'en apercevoir. Le désespoir m'avait envahie. Après tout, mon veuvage était très récent, même si plus d'un siècle et demi avait vu la mort de mes amours.

On me présenta mes descendants. Les fils et petits-fils, les filles et petites-filles de mes trois enfants. Nous n'avons rien trouvé à nous dire. Pour eux, je n'étais que l'illustre et précieuse inconnue de la famille. Une curiosité dont on pouvait se vanter. Devant leur silence, j'ai touché le fond de la solitude.

Pseudo-Sam était une créature d'Astral-Tempo. Il avait pour mission de me rebrancher, de me remettre sur les rails, de m'expliquer le monde dans lequel j'avais émergé et, surtout, de m'empêcher de faire des bêtises.

Veux, veux pas, mon corps comptait tout de même trois siècles d'existence, dont un siècle de vie très active, et il commençait à donner des signes certains d'usure. Plusieurs organes avaient besoin d'être remplacés. On ne pouvait me nourrir que par perfusion. J'allais donc mettre beaucoup de temps à remonter la pente. On me proposa un programme de greffes Alpha à la clinique lunaire Astral-Tempo. Cette cure devait me redonner une nouvelle jeunesse. Pseudo-Sam m'expliqua que tous les humains qui en avaient les moyens avaient recours à ce procédé, étant donné que les techniques de clonage n'étaient pas encore au point. Bien sûr, il y avait longtemps qu'on maîtrisait le clonage des cellules, mais celui de la personnalité posait toujours de nombreux problèmes. On arrivait à transférer partiellement les souvenirs d'un être humain à son double, mais il y avait toujours une partie de l'âme qui se perdait en cours de route. On ne pouvait jamais être assuré d'une parfaite continuité.

J'ai accepté la cure à une condition : je voulais retourner sur Terre. Je voulais revoir la ville musée de Montréal où j'étais née trois cents ans plus tôt. Mon âme à moi, j'avais bien besoin de la retrouver et il me semblait que les rues de mon enfance allaient m'aider à la rattraper. Pseudo-Sam et Astral-Tempo se laissèrent fléchir. Le soir du 23 mars 2300, à vingt-trois heures, j'ai débarqué au spatio-port du mont Royal. Incognito. Je l'avais exigé.

Je n'ai rien vu de Montréal. Trois jours après mon arrivée, j'étais plongée dans un coma profond. Une grippe, un simple rétro-virus de l'influenza terrassa mon pauvre corps épuisé, en moins de temps qu'il n'en fallait pour le dire. Un vaccin aurait suffi à m'en protéger, mais personne n'y avait pensé. Toute la faute retomba sur Pseudo-Sam et Astral-Tempo le renvoya au néant des clones. Intéressante nouveauté, je n'étais pas encore tout à fait morte lorsque je réintégrai en catas-trophe mon cocon de survie, soixante-cinq jours exactement après mon réveil.

Astral-Tempo faillit bien perdre son in-vestissement. L'épuisement, la vieillesse, le rétrovirus, le mal de vivre qui m'habitaient se liguèrent contre le bataillon de scientifiques qu'on avait requis dare-dare pour me sauver. On para au plus pressé. À défaut de soigner mon cœur en lambeaux, on répara tous les vieux rouages usés de mon corps. Sans me réveiller tout à fait, on me sortit à intervalles réguliers de ma torpeur pour me faire subir toute une kyrielle de plasma-chirurgies sélec-tives. Malgré toute cette plomberie de génie, on n'avait toujours pas trouvé comment me redonner le goût de vivre. Alors, en attendant la solution miracle, on me laissa dormir en paix. Longtemps.

2800 –

Mais on finit toujours par trouver ! Le 20 janvier de l'an de grâce 2800, j'ouvris de nouveau les yeux sur la lumière. Faites le calcul, ce n'est pas difficile. J'étais née huit siècles plus tôt.

Beau comme un ange, Alexandre était à mon chevet. J'ai d'abord cru que c'était Boris, un clone de Boris. Mais non ! C'était mon véritable descendant : mon arrière-arrière-arrière-arrière… petit-fils et, pour une fois, la biologie n'y était pour rien. Il me regardait avec amour. Sa présence n'avait rien à voir avec le hasard. C'était un merveilleux piège : j'avais tellement besoin de sa chaleur, de son humanité. Il s'est mis à rire lorsque je lui ai demandé s'il était à l'emploi d'Astral-Tempo. La fondation occulte avait beaucoup évolué et faisait maintenant partie d'un consortium intergalactique qui contrôlait quelque millions de parsecs, dont il était un des principaux actionnaires.

Mon corps avait retrouvé ses vingt ans. Pensez-y deux minutes : une femme de huit cents ans, avec cent ans d'expérience de vie, dans le corps lisse et neuf d'une jeune fille ! Avais-je signé, sans m'en rendre compte, un pacte avec le diable ?

Le diable ? Il a sûrement les yeux noirs d'Alexandre, la persuasion d'Alexandre, la séduction d'Alexandre. Dès que mon petit-fils me regardait, j'étais complètement subjuguée, déchirée entre les replis passés de ma vie et mes désirs tout neufs. Je n'ai rien su lui refuser lorsqu'il m'a tendu son contrat. Il ne m'offrait rien de moins que la jeunesse éternelle.

L'humanité avait pris possession de tout le système solaire. On lançait des expéditions d'exploration vers les étoiles les plus proches. Mars-la-Rouge était presque entièrement colonisée. La Lune avait plusieurs océans et une atmosphère. Il y avait tant de choses à découvrir et mon corps de vingt ans piaffait d'impatience. Les hormones de jeunesse qui coulaient dans mes veines eurent tôt fait de laver mes vieux chagrins.

Voilà, vous savez tout ! J'ai fini par signer le contrat d'exploitation médiatique que me proposait le consortium d'Alexandre, lui abandonnant l'exclusivité de mon histoire

passée, de mon présent, de mon avenir…
Auriez-vous été capable de refuser, à ma
place ?

2999 –

Vous connaissez le reste ! Voilà deux cents
ans que je suis en représentation continuelle.
À l'aube de ce 20 janvier 2999, je suis devenue une légende vivante, un trésor solaire.
Je suis la plus vieille femme de l'humanité.
Des milliers d'holovidéos, d'holosymphonies,
d'holoromans m'ont été consacrés. Chaque
jour, dans toutes les stations d'éducation de la
galaxie, des milliers d'enfants réinventent
mon histoire. J'ai voyagé partout. J'ai presque
tout connu, presque tout vu, et ce qu'il me
reste à découvrir ne m'intéresse plus. Pourtant, je suis un exemple pour tous. Partout on
m'aime, partout on me fête. Je n'ai pas le droit
de mourir. Je dois rester belle et jeune, car je
suis la preuve vivante que l'humanité a réussi
à repousser les frontières de la mort. Je ne
peux me fuir. Nulle part.

Mon contrat me lie jusqu'à l'an 3000.
Alexandre est convaincu qu'il n'aura aucun mal
à me le faire signer pour un demi-millénaire
de plus. Il se trompe. Les chagrins, la fatigue et

la solitude m'ont rattrapée. Le temps a perdu pour moi tout son sens. Cette errance démesurée qui est la mienne n'a rien à voir avec la vie. Je viens d'un autre millénaire, d'un autre héritage. J'ai maintenant trop vécu pour être surprise, pour attendre quoi que ce soit et je n'ai plus la force d'aimer. Je ne fêterai jamais mon millième anniversaire. Alexandre ne comprendra pas. Pour lui, la jeunesse et l'éternité sont les grands défis de sa génération.

Gardons ce secret, voulez-vous? Ce que j'avais à faire, je l'ai fait. Je ne peux aller plus loin. Ne me reste plus qu'à partir avec élégance.

TABLE DES MATIÈRES

COLLECTION CHACAL

AGMV Marquis

MEMBRE DU GROUPE SCABRINI

Québec, Canada
2000